CANSaÇO
a longa estação

LUIZ BERNARDO PERICÁS

Boitempo
EDITORIAL

Copyright © Boitempo Editorial, 2012
Copyright © Luiz Bernardo Pericás, 2012

Coordenação editorial:	Ivana Jinkings
Editora-adjunta:	Bibiana Leme
Preparação:	Mariana Echalar
Revisão:	Mônica Santos
Ilustrações:	Fabricio Lopez
	(primeira capa e guardas: matriz xilográfica da série "O galo e a sálvia" (220 cm x 160 cm); quarta capa e guardas: sem título, xilogravura sobre papel; miolo: sem título, xilogravuras sobre papel)
Design de capa e aberturas:	Raquel Matsushita
Diagramação:	Livia Campos
Produção:	Ana Lotufo Valverde

CIP-BRASIL. CATALOGAÇÃO-NA-FONTE
SINDICATO NACIONAL DOS EDITORES DE LIVROS, RJ

P519c

Pericás, Luiz Bernardo, 1969-
    Cansaço, a longa estação / Luiz Bernardo Pericás. - São Paulo : Boitempo, 2012.

    ISBN 978-85-7559-192-5

    1. Romance brasileiro. I. Título.

11-8363.   CDD: 869.93
                                  CDU: 821.134.3(81)-3

12.12.11   19.12.11   032064

É vedada, nos termos da lei, a reprodução de qualquer
parte deste livro sem a expressa autorização da editora.

Este livro atende às normas do acordo ortográfico
em vigor desde janeiro de 2009.

1ª edição: fevereiro de 2012

BOITEMPO EDITORIAL
Jinkings Editores Associados Ltda.
Rua Pereira Leite, 373
05442-000 São Paulo SP
Tel./fax: (11) 3875-7250 / 3872-6869
editor@boitempoeditorial.com.br
www.boitempoeditorial.com.br

Sumário

Apresentação 9
   Antonio Abujamra

Punaré 11

Baraúna 49

Glossário 73

Referências do glossário 93

Sobre o autor 95

[1]   Com pés tateantes, por labirintos turvos,/ Enveredei aos trancos; perto e longe ao meu redor,/ Estranha horda de fantasmas cegos trouxe seu alvor,/ Em voltas e torções de uma busca absurda enfim,/ Quando, num exílio que a graça de Deus dera a mim,/ Para sentir de novo algum humano ardor,/ Apanhei, alto e bom som, do mundo um primeiro rumor,/ Vindo do bravo murmúrio de um rio a correr sem fim. (Interpretação de Flávio Aguiar.)

With searching feet, through dark circuitous ways,
I plunged and stumbled; round me, far and near,
Quaint hordes of eyeless phantoms did appear,
Twisting and turning in a bootless chase,
When, like an exile given by God's grace
To feel once more a human atmosphere,
I caught the world's first murmur, large and clear,
Flung from a singing river's endless race.[1]

(E. A. Robinson, "For a Book by Thomas Hardy")

APRESENTAÇÃO

Antonio Abujamra

É inacreditável que Luiz Bernardo Pericás não carregue o cansaço de séculos em suas costas, assimilando sem preconceitos tudo o que poderia atrair para o preconceito. Sua escrita revela uma originalidade que se compara a Ortega y Gasset, que analisou e recusou – talvez por cansaço – a aventura hiper-humana para escrever uma arte verdadeira, um caminho enlouquecedor para o homem.

A paixão pelas personagens de Punaré e Baraúna nos leva a uma atmosfera atordoante e quase masoquista de ler sem parar, querendo também pegar o cabo tosco da enxada enferrujada e fincar a pá de metal no chapadão batido.

Toda a literatura anterior de Pericás já nos deixava diante de um dos maiores do Brasil, e agora surge esse novo autor, para o qual tenho de segurar pelo menos uns vinte qualificativos elogiosos.

Punaré, Baraúna e os bois nunca mais deixarão de me angustiar como um personagem de Unamuno ou como ele mesmo indignado gritando para os fascistas na Universidade de Salamanca: "Aqui não! Aqui é uma casa de Cultura!".

Pericás nos leva para um mundo de ética e estética e não tem nenhum temor da audácia de um *De Profundis**, de um Francisco de Assis, de um Proust. Lendo *Cansaço, a longa estação* nunca mais teremos medo das tempestades

---

* Referência ao livro de Oscar Wilde. (N. E.)

nem de elementos selvagens que, mesmo jogando as maiores ondas em nossa cabeça, não conseguirão chegar até nós, pois estaremos tranquilos como um Kierkegaard – e seremos um rei nos escolhos.

São Paulo, fevereiro de 2012

PuNARÉ

No silêncio dos plainos vastos do sertão, por clareiras ressequidas e folhagens encarquilhadas, caminhava calado Punaré, cedo pela manhã. De nascença não recebera a alcunha; seu nome era outro. José Eleutério, assim o chamava seu pai. Desde que se enroscara com João Baraúna, contudo, na fazenda Alvorada, algumas léguas dali, ganhara o apelido, que grudara na pele e teimava em não sair. Briga de punhal.

Vermelhidão, dia nascente, o sol rutilante cuspindo faúlhas. Nos ombros carregava a enxada e na cintura, o facão. De setenta e sete só ouvira falar. Mas sentia que tudo ficara igual: calor acabrunhante, ossadas de arbustos esturricados, calcário endurecido, cavernames. Essa era a vida que não pedira aos santos. O peso nas costas curvadas parecia maior. A magreza não ajudava; braços finos, suadouro. Passos tortos marcavam a mica dos pedregais, estalavam gravetos. Tudo era solidão.

Ao longe, chapadas. A terra estriada, árvores retorcidas e destoucadas. Desviava-se dos garranchos do mato seco. Mais distante, perto das abas dos serrotes, o solo calcinado; o que restara da queimada devastadora: carvoeiro. Uma região esquecida, lar de tejuaçus asquerosos. E aquele, mais um dia de raspar a terra, abrir picadas, furar açudes: um dia igual aos outros.

Ao lado, seu cachorro Corisco, que com dificuldades se aguentava de pé. Costelas aparentes, rasgando a carcaça, subindo na epiderme: hastilhas que seguravam a estrutura frágil do animal sarnento, pixelingue e mandrião. Com o focinho vincado, cavucava o barro endurecido, lambia as patas grossas, fariscava tudo. Se pudesse, caçaria cassacos e mocós. Mas havia tempos não apareciam por ali. Trazia em volta do pescoço um sinete, amarrado por Punaré, para que soubesse sempre onde se encontrava o cão: uma forma de não perdê-lo nos emaranhados dos matagais. Na paisagem sepulcral, só se ouvia o tilintar do cincerro e os passos curtos dos dois. Vez ou outra, o crocitar longínquo de um carancho solitário, de olho no rapaz magrizel, adejando despreocupado no céu.

Distanciou-se mais do que devia; cansou-se, já cedo do dia. Suor. Como andava encourado, não sentia os folhedos endurecidos nem os crespos tufos de beldroega. Cortava com o facão o que via pela frente, arremessando galhos e ramos em todo o arisco empoeirado. O que fora coivara alastrara-se sem perdão nem permissão; agora, só restavam algumas árvores chamuscadas. Poalha nos olhos. Assobiou, mas o vento não veio. O vento. Punaré insistiu. Silêncio. Do corte, ripas trançadas, brinquetes para consertar o curral. Isso do que prestava. A maior parte da galhada, empretecida e podre.

No meio da desolação, havia coisa boa. Carregava tudo sem dificuldades, apesar da magreza e certa fadiga. Precisava comer. Um pouco de feijão e farinha, era só o que tinha no estômago. Mas era necessário cavar. O cabo tosco da enxada enferrujada não machucava a mão calejada, acostumada à ferramenta de trabalho. E a pá de metal brocava o chão mais em frente, no chapadão batido. Enquanto isso, o cachorro desanimado, com ouvidos atentos e pelos arrepiados, olhava tudo em volta, aspirando o ar ressequido, poçuqueando ao dono vida melhor, sentindo ainda na epiderme os espinhos dos matagais eriçados, ao longo das picadas por onde passara havia pouco.

Já Punaré se lembrava da afuleimação com Baraúna, tempos atrás. Fora depois de uma mandureba daquelas, o outro de frança na mão a falar desatinos. Não era de briga, queria ficar no seu canto, mas todos estavam altos e acabou acontecendo o que aconteceu: Baraúna com uma cicatriz na cara e Punaré ganhando o nome que carregava. Depois disso, havia sido jurado: ele que se cuidasse. Pensava no destino enquanto a enxada rasgava a terra. Havia quem dissesse que Baraúna fugira de casa, deixara de ser vaqueiro e tornara-se jagunço do coronel Jacinto Borges, que tinha casarão perto dali; outros, que sumira na vida e apenas esperava pacientemente para tocaiar o inimigo. Tinha virado bicho do mato. Fosse o que fosse, preocupava-se. Sabia que não seria perdoado pelo conterrâneo.

Perfurava o solo, tentando, como podia, se proteger do sol implacável. Nem sequer vislumbrava uma brisa perdida para lhe atenuar o sofrimento. Outro dia, apenas, tudo ali fora inferno: chamas dançarinas se espalhando com o sopro do tarasco impiedoso. O incêndio avernal se alastrara nos carrascais e chegara aos outeiros longe da vista. Aquele báratro, morada do demoncho, era também o seu lar. Miséria. E agora, justo agora, quando Punaré precisava de um alívio, só conseguia sentir o bafo quente do sol. Os galhos esquálidos, como teias abandonadas, não davam sombra suficiente. Nem as poucas nuvens esbranquiçadas perdidas no céu. A estiagem nesse ano estava sufocante. Desolação. Só esperava por uma chuva de rama, para trazer um pouco de umidade e mudar o matiz pardacento da região. Que viesse logo.

16 Cansaço, a longa estação

Procurava uma ipueira. Se pudesse, encheria a caçamba até a boca. Já não aguentava mais viver assim, apartando espinhais, sujo e de barriga vazia. A água morna que bebia era quase sempre agrume, cor de canela. Lá do fundo do érebo, brotava escura, repulsiva: líquido ascoso, o que tinha de ingerir. Escavava, ora e vez, a crosta resistente que pisava diariamente com os pés deformados de rapagote macambúzio e, ao dar numa piçarra, só via surgir aquela esbramada beberagem. Era a mesma água que tomava seu cão. Estava em boa companhia. E cansado.

Ainda assim, naquele sertão adusto e delirante, reino do tinhoso e do urubu, por vezes havia recompensas: era quando encontrava sem querer um poço de água límpida e cristalina. Quase não podia acreditar. O cão pulava, balançando o rabo freneticamente. E ele, Punaré redimido, molhava o rosto, lavava as mãos, engolia litros e tinha vontade de chorar de felicidade. Ia depois contar tudo para os familiares. Mas naquele dia, como em vários outros de sua existência, não encontrara nada. Só caminhara e caminhara e cortara galhos e fizera furos no solo duro. Comeu poeira e não gostou. Como sempre.

O terno de couro de capoeiro era quase sua segunda pele. Mesmo nos dias quentes, acostumara-se a vestir-se assim. Queria ser vaqueiro e tinha orgulho de mostrar a todos seu sonho, materializado na indumentária. Com a armadura inexpugnável, transpunha os matagais e riscos de galhos retorcidos. Facão preso ao cinto, enxada no ombro curvado, toros e gravetos no outro. Ia lentamente voltando para casa, pelo mesmo caminho que seguira toda a manhã. Andava cansado. Aquele rapazelho, apesar da idade, parecia um velho. Um velho. Por que sua vida era assim? O que fizera para merecer tanto sofrimento? Não conjecturava dessa forma, mas pensava nisso tudo lá no fundo da alma, inconscientemente. Sentia-se pior que seu cachorro.

Era homem e não valia nada. Se levasse um tiro na fuça, ali naqueles ermos, ninguém saberia nem se importaria. Seria comido por jerebas e maracajás. De que servia aquela vida inútil? Quem ligava? Nascera e crescera no centro da caatinga esquecida, naquela terra onde boi valia mais que gente. Estava lá, quase desesperançado, mas de nada adiantava qualquer lamento ou digressão: essa, a sua sina. Já as paisagens do "litorá" estavam longe, muito longe. Nunca vira o mar. Talvez lá, na costa, pudesse ser mais feliz. Mais do que ali...

Quando criança, não muito tempo atrás, era tão ingênuo que tudo parecia brincadeira. O mundo se abria a sua frente. Loiro, entonce, o cabelo quase liso, a cútis um pouco mais clara. Com o passar dos anos, a juba escureceu e encrespou; a pele curtiu, avelou. Mas ainda tinha os olhos azuis. Caboclo neerlando. Lembrava-se de quando certa vez dera nuns enxus de rama e correra para valer. Também, depois de varetar casulo adentro, só podia provocar o vespeiro agitado. Até esqueceu quantos dias levou para curar as picadas, o inchaço no beiço e nos braços. Ao se recordar disso, abriu leve sorriso. Ou então quando saía por aí com o bodoque, a apedrejar passarinhos. Já os cúcios que chutava, só por diversão, desabelhavam, guinchando como loucos. Naquela época, andava sempre a incitar os marruchos... Riu sozinho de novo, rememorando as traquinagens de moleque.

O piar de um nambu o tirou da letargia. Olhou para os arbustos cáquis e para o perro famélico que mancava e voltou à realidade. Uma lagartixa, do lado de seu pé, correu em disparada, arrastando-se entre as rochas e os pedregulhos...

Mas talvez houvesse uma coisa pela qual valesse a pena viver e lutar. Era Cecília, filha do compadre Manuel, devoto da santa e amigo de seu pai. A irmã mais velha, Isabel, dera com o sebo nas canelas, enamorada de um bandoleiro. Tinha o nome da princesa que tanto admirava a família. Escapou das saias da mãe e foi se aboletar com bandido em algum canto no fundo da caatinga. Já Cecília era nova, nascera quatro anos antes da Repucra. Ainda moça, recatada, conhecera Punaré numa vaquejada. Tímido, só trocara duas palavras com ela, o suficiente para fazer o coração dele palpitar mais forte.

Todo tipo de ideia então passou pela cabeça do adelgaçado rapazote sertanejo. Iria até a fazendola insulada e pediria a mão ao pai, diante do retrato amarelado do Imperador. Se não fosse por bem, que fosse por mal. Roubaria a jovem e fugiria a cavalo para algum povoado distante.

O problema era João Baraúna. Foi por causa de Cicica que os dois haviam brigado. Baraúna também se afeiçoara à moça e andara dando olhadelas constantes para seus atributos havia algum tempo: cintura fina, cabelos espessos e mãos delicadas como seda. Ela, contudo, aparentemente não se chegara a nenhum dos dois. Baraúna fizera investidas claras; não agradara à família da garota. "Frecheiro molambento, alma podrida das profundas", corria o dito na boca pequena dos sertanejos. Ninguém se metia com ele. Até que, na última vaquejada dos arredores, após a longa função de dança, viola e jeribita, o desajustado prognata levantou a voz, pegou o chicote e provocou o poviléu. Depois apertou o bíceps da moça e pediu um beijo. Foi nessa hora que Punaré sacou o cuchilho e riscou-lhe a face. Daí em diante, ele que se cuidasse, porque o facínora estaria em seu encalço constante. Já haviam dito a Punaré que o inimigo preparava-lhe emboscada...

A imagem de Baraúna, então, apareceu diante dele em detalhes. O rosto assimétrico, coberto de sangue, a cólera no olhar;

rilhava os dentes desalinhados, as mandíbulas pronunciadas do proteróglifo graveolente a fazer provocações. Aquilo não era nada bom. O crânio deformado, com a testa protuberante, dava-lhe o aspecto do próprio demo: tinha-se a impressão de dois chifres prontos a saltar das têmporas latejantes. Naquele dia fatídico, foram necessários quatro homens para segurar o jovem vulturino, que estrebuchava como um epilético. Isso facilitou a fuga de Punaré, que escapuliu ileso dali. De longe, ainda pudera ouvir os estranhos grunhidos do desgraçado leteu, enquanto continuavam a segurá-lo. Baraúna tentava como podia se desvencilhar da caterva. Aquilo era alta injúria, denosto imperdoável; não ficaria assim. Um dia eles se encontrariam. Era só questão de tempo.

Ao chegar em casa, gritou ao pai, que cuidava dos bodes, dos poucos cavalos e da parca boiada. Antes que Punaré pudesse deixar a madeira na lateral externa do curral, o velho foi dizendo que haviam recebido visita logo cedo. Jorge, preto retinto, peão de Borges, viera avisá-los de Baraúna. Mandara dizer que espreitava. O negro descreveu o famanaz como se fosse assombração, a cara do capeta. Se era feio antes, ficara pior: agora metia medo. Só pensava em vingança; questão de honra! Não conquistara a garota, ganhara uma cicatriz horrenda na bochecha, fora objeto de piada de todos: riam dele pelas costas, quiçá comentassem seu deslustre nas jornadas tropeiras ou nas bodegas dos vilarejos. Chufas, tracalhices. Isso era o que pensava. Agora, vendeta.

Baraúna teria se tornado uma ave de rapina, disforme anomalia humana; ou, quem sabe, até mesmo o carocho em pessoa: *desmodus rufus*. Camisa de algodão rústico, esfiapado; perneiras chegando à virilha; alpercatas artesanais de couro cru a cobrir-lhe os pés catinguentos; barbicacho com borlas cinzentas. A parnaíba enferrujada, companheira fiel, já sangrara vários macacos dos arredores e outros cantos da região; o punhal sem fio, para estocar novilho, também. Rumores. O espritado ainda trazia consigo bornal carmesim e rifle de repetição. Isso porque roubara o melhor dos policiais. A arma antiga, bacamarte boca de sino do pai idoso, servira para atingir com mira certeira uma palanqueta de chumbo no meio do nariz de outro desafeto, diziam. A manulixa, também. Chapéu liso, sem adornos: nada de flor de lis ou estrela de Salomão; os tempos eram outros. Aparecia e sumia na caatinga que nem Satanás. Dizem até que deixava para trás cheiro de enxofre. Gambá fedorento, saruê, filho bastardo de uma galdrana. Contava a lenda, nas cercanias, que serrara os dentes... e que os olhos irritados, duas fendas diabólicas, eram iguais aos de uma serpente! Árgema visível na córnea direita do esgrouvinhado argamandel. Ficava entrincheirado, escondido, no matagal. Punaré que se cuidasse.

Podia visualizar claramente o inimigo, em todos os seus detalhes, como se estivesse num transe. Até que uma lufada de poeira entrou em seus olhos e ele acordou. Estava de volta à realidade! E dela não gostava...

Corisco, ao seu lado, mordia um pedaço de pau, afilando os dentes, tentando enganar a fome. "Ara, isca!" O caboclo deu um chute no pelharengo, que correu ganindo. Não havia feito nada de errado e não sabia por que estava sendo tratado assim pelo dono. O perro esquelético foi mordiscar o graveto em outro canto. Quando encontrava um arcaboiço perdido de qualquer animal das redondezas ou a cartilagem, com sobras de carne, de varrasco ou cabroilo, desechada por algum incauto após a refeição, era banquete. Candingas hirtas: passatempo. Brincava com vértebras de um almalho espalhadas no chão do quintal...

O gado espectral pastava dentro e fora do curral mal construído. Sofria. Boiotes cirigados, taciturnos estrigosos; outros, pigros, caruaras carambós. E, perto da paliçada sinuosa, vacaria: descarnada, nambiju. Garraios vágados.

O boi que Punaré mais gostava era um bargado, reboleiro e barbatão. Criado solto, o chungo corniveleto, mesmo assim, ia espiar a casa da fazendola, rondava a sede, passeava pelo pátio. Desde bezerro, depois garrote, afeiçoara-se ao bicho, que ia em sua direção sempre que ele voltava do mato: seu boi predileto. A armação era diferente, maior, os cornos largos, a venta repolega. No meio dos chamurros, o novilhote se destacara: proporções anchas, instinto viril e vontade de ser livre. Contra todas as expectativas, contudo, afeiçoara-se a Punaré. Mistério. O dono, ainda jovem, convencera o pai a deixar a rês, cada vez mais dócil, aos seus cuidados; era o seu animal. Teria por ele toda a afeição. Decidira dar-lhe o nome de Deodoro, por causa da sonoridade da palavra. Não conhecia ninguém que se chamasse assim, mas ouvira comentários no vilarejo perto dali sobre um tal Deodoro, gente graúda lá da capital, um manda-chuva do gunverno, muitos anos atrás. Achou que era nome de pessoa importante, tinha estirpe. Seu boi merecia isso.

Naquele lugar perdido e aislado, Deodoro e Corisco serviam como vínculo ao mundo real, dois seres de pouca carne e muito osso, palpáveis, que, como ele, se agarravam a qualquer coisa para continuar vivos e de pé. De resto, só pensava em sumir dali. E, se possível, com Cicica, que o esperava eternamente. Pelo menos, assim acreditava.

Queria ser corajoso como os heróis das proseadas do povo da região: homens que aguentavam tudo, viviam no sereno, discutiam com patrão, não tinham dono nem ninguém de vozeirão para lhes dizer o que fazer. Não tinham amarras. Já ele, ah, ele... Sentia-se um fantoche, boneco de mamulengo. Só não sabia quem puxava as cordas. Queria fugir daquela vida de desgraças. Seus pais viviam no mundo deles. Nunca entenderiam.

Punaré se via diferente. Só não sabia como dizer tudo isso e então, em silêncio, ia cumprindo suas tarefas todos os dias, sem reclamar. Mas lá dentro, no fundo da alma, sabia que não queria nada daquilo. Canseira. Furar poço, catar madeiramento. Só em cima dos cavalos ainda tinha certo prazer. Pelo menos, montado no alto de uma sela, olhava para todo mundo de cima. E sentia o vento no cabelo e a liberdade ao longe. Corria. Mas quanto mais se distanciava, mais os garranchos da caatinga iam se fechando, agarrando seu corpo, impedindo o prosseguimento. Os gritos da família mandavam voltar. E ele voltava.

"Eta vida desgracenta! Assim num se inguenta!"

Outro dia, o sol de rachar. Começaria tudo de novo. A praia, o mar, talvez. Ou nunca. Já estava sonhando novamente.

Seu cão, piloso e manquitó, ganiu, repleto de puas no corpo; espinheiro: dor. Dentes fincados nas coxas com farpas: trincava. O animal amarfanhado arranhara-se num cacto; carcavão de unha-de-gato. Deodoro, tipo altivo, chibante e harto, parecia rir sozinho. Balançava a mutreita, como se estivesse, no íntimo, gargalhando de toda aquela situação. Lambia o focinho escuro, um fio de baba amarelada pendente nos lábios carnudos. O rabo fétido girava desconexo, espanando instintivamente as varejeiras, as orelhas, mosqueando; largas palpitações nas narinas.

De dentro da casa, veio o chamado. A mãe, avisando que era hora do almoço. Já vinha tarde. O pai largou o bode que acabara de sangrar; dele se tiraria tudo. O que sobrasse ia para a boca de Corisco.

O velho andava preocupado com as ameaças de Baraúna. Também não gostava nada daquela vida de infeliz. Mas permanecia resignado.

"A vida é assim memo."

Nas veias de Punaré, em cada artéria, fluía sangue quente. Não podia suportar a apatia paterna. Mas não era cabra valentão. Uma semana antes, uns macacos vieram atrás de bandoleiros, arrombaram a porta como um furacão, acusaram todos ali de coiteragem, quebraram o mobiliário humilde, vararam um vitelo com detonação de revorve e esbofetearam o vaqueiro anciano. O coitado não fez nada, só abaixou a cabeça, disse que não tinha visto ninguém por aquelas bandas: não ajudava bandido, não senhor! Vige! A soldadesca desconfiada e com pressa foi embora, chutando o que via pela frente, blasfemando, dando tiro para cima: otoridades, declaravam. Férulas. O velho haveria de aprender, nem que fosse à força. Apavoramento. De lá, aquela gentuça armada até os dentes iria direto para a choupana de dona Laverna, a certa distância dali. A matrona chorumenta era conhecida por dar guarida a capiangos de toda a região. Levaria uns sopapos... Brutos, chaboucos; chavascos mazorreiros.

Depois do susto, os três, calmamente, sem trocar palavra, limparam tudo com vassoura e estropalho, e fingiram que nada havia acontecido. Punaré não esqueceu.

"Num se brinca com puliça. Deixa eles partir. Deixa."

Isso, não. O som de cada letra pronunciada pelo pai dava tristeza.

"O mundo é uma disorde, meu fio. Deixa estar."

Gravanço. Punaré debicava o pouco de farinha, feijão e macamba que sobrara da noite anterior, junto com um faneco de marroque. Também umas tiras de carne, duras como couro: comida insossa, rala e escalrichada; a raspa da panela amassada. Nacos de queijo e rapadela, depois. Café amargo para acompanhar. Tinha de engolir o que pudesse, porque amanhã, quem sabe... De repente, o hirco que o velho estrebuchara havia pouco. Pela porta escancarada, via o animal jogado no solo, a garganta cortada, a poça de sangue escuro, viscoso, em volta: moldura coralina. A pelagem, antes branca, cor de vinho. Os olhos do bicho arregalados; a língua saltando para fora da boca.

Corisco cheirava a carcaça; Punaré mandou que corresse dali. Jogou um osso certeiro na cabeça do cão, que se encolheu, ganindo de dor. E o tilintar da sineta se afastou para perto da porteira do curral. Deodoro veio dar uma espiada. Ninguém ligava para ele. Foi procurar buji.

Punaré sabia que ainda teria um dia longo pela frente: consertar a porteira, dar água às berobas, tentar levantar a pau algumas vacas do chão, pascentar o gado, assinalar boiada: rabisaco nas orelhas. Suaria; os músculos tesos e doloridos pediriam clemência. Nuvens pálidas partiriam para longe, no céu. Mas ele continuaria ali... O sol arrasador, forte como sempre, sem dar trégua. Muito esforço para pouca recompensa. Mas isso tudo em algum momento poderia mudar. Foi trabalhar.

Junto com o pai taciturno, berôncio, que mascava despreocupadamente um punhado de tabaco, caminhou a passos lentos pelo terreno. Olhava para o gado magro e raspipardo: vacas magérrimas. Ouvia-se o longo lamento, o gemer dos ruminantes sonolentos e aspudos, membros raquíticos e olhos suplicantes: mocambeiras apostemadas, cobertas de abscessos; tetas murchas e cascos rachados. Algumas, focinegras anêmicas, deitadas no solo, o moscaréu infecto bailando em torno. Nenhuma amojada. Outras, ásporas. Machorras. Prenhe, só uma enferma, que mal ficava de pé. Avitaminose tomando conta de todas. O gado ali, tão fértil como a natureza à sua volta.

Na varanda, diante do canteiro sujo, a mãe, indiferente, jogava capote. Da raspa da mandioca empedrouçada, farinha.

Corisco levantou a cabeça, moveu as orelhas e rosnou. Algo diferente por aquelas bandas. Um barulhinho vinha da imensidão. E então, quase a perder de vista, tangerinos cavalgando, levando a piara. Eram oito genuvaros, a mando de algum chefete local; robustos e de impressão, em cima de seus bálios tordilhos, açoitavam de leve a cavalariça, estralejando os chicotes nos bralhadores crinitos, em trote suave, firmes nos estribos. Grazinavam. O mais claro, a pele quase alva, de veste encardida e face picada de bexigas, era o guia, único mundele do grupo. Já os cabeceiras, curibocas corpulentos, faziam o que mandava o líder da tropa, sem discutir. Pelos flancos, cuidando para que o armento não se desviasse, esteiras igualmente robustos e graves. Na sequência, mais bem-humorados, costaneiras patuscos, contando chistes e causos da região. E então, lá atrás, na lenta cavalgadura, um moreno giboso, agitofásico sem dentes, com forte isquialgia, que seguia no couce, a se lamentar. Não parava de reclamar um minuto sequer da dor na bacia e nos quadris.

Punaré identificava os vultos pequeninos no horizonte, as silhuetas entroncadas dos indivíduos espadaúdos. Levavam a adua para alguma fazenda próxima dali. A manada era mais parruda e musculosa que a de seu pai, isso era certo. O jovem franzino e desalentado tinha uma ponta de inveja deles. Acenou para os tangedores, que devolveram o gesto. Foram se afastando, o turbilhão de poeira ruivacenta cobrindo as patas dos animais. Borralha no ar. Até que praticamente não ouvia mais as pisadas barulhosas do rebanho, o falatório quase imperceptível daqueles homens, o som dos búzios se dissipando, se dissipando... O toque dos berrantes se perdia na planície.

Melhor seria se pudesse ser como eles, estar sempre por aí, montado em sela. Ou como os bandoleiros, sem eira nem beira. Mas o pai carecia de mais braços para ajudar nas tarefas do dia a dia. Precisava dele ali por perto; uma necessidade.

Quando um de seus bois havia se desgarrado, no ano anterior, fora encontrado pelos sargentes de Borges, que o guardaram e depois o devolveram. Boi marcado e perdido, entresilhado ou zopeiro, feio ou airoso, tem dono e deve ser devolvido: essa era a lei do sertão que todos respeitavam. Agora aquele bicho malcomportado já estava no estômago; o resto da carne, vendido na feira.

Enquanto isso, o corpo do capro, estirado no chão, ia esturricando. Que alguém fosse fazer as honras logo, ou apodreceria de vez. A canção da mãe armava o fundo; cantigas, lamentações. Raspando, raspando, raspando...

O gado se queixava. Um dos bois, repleto de larvas dentro de chagas purulentas. Nem a pouca ração lhe interessava mais: fugia para os cantos, fantasma do que antes fora monstro, a tentar lamber a ferida aberta e profunda. Sânie escorrendo no lombo hosco. Os vermes mexiam-se aos milhares, mordiam a carne carcomida. Nem reza para são Marcos, são Lucas e santo Expedito estava ajudando. Nas feridas confragosas, sangue seco. O nariz gotejava lentamente... Naquele terreno duro, irregular, procurava capim, talvez para se curar: rumas de folhiços murchados; asperidade. Almargio. O gigante de ossos, de patas frágeis e trêmulas, esperava sua hora chegar.

Corisco só olhava. E, no momento em que o quadrúpede cornibisco meteu o focinho no itacuru, percebeu que ainda vivia, pois a dor que sentiu ao ser empestado de punilhas magricelas superou aquela que, de certa forma, já lhe sedara. Seria em breve que tombaria no chão para não mais se erguer.

Punaré e seu velho trocaram olhares; nada falaram. Sabiam que o caminho do animal fora longo e não se prolongaria por muitos dias. Talvez fosse o caso de tirá-lo de seu sofrimento. Ao mesmo tempo, se não terminassem de marcar a ferro em brasa o resto das vacas e dos bois, podiam ter parte da maloca passando para as mãos de algum malandro. A insígnia fumegante era a única garantia: sua segurança. Pegaram as ferras incandescentes. Ainda tinham muito que fazer naquela tarde quente e feduça. Muito mesmo.

Torsos chiaram. Tédio. Alguns dias antes, que diferença! Recordava-se bem do grande evento, a vaqueirama deiviril estrugindo animada. Justas de bravos, honraria. Laçavam marruás pelos chifres, vergalhavam: ciclones de pó rufo. Os ruminantes corpulentos e espantadiços, sem saber para onde escapar, em desabalada carreira; gritadeira geral. Bocarras abertas e sorridentes. Faziam a apartação, jogavam na correria, cinchadores torunguengas encurvados como acrobatas, a roupagem peltada se destacando no meio da mundiça, tarrafeando sem hesitar: mão na bassoura, na firmeza puxando saias. Cavalos resfolegantes; calos altos. Encourados destemidos e venustos rasteiravam sem pena, atiravam para longe, mancornavam feras, até; bicho rolando na sujeira seca do descampado, risos. Garabulha, folastria; tudo, vivacidade e brilho. Entusiasmo em cada semblante. Era como se levassem relâmpagos nas mãos; e soltassem da bocanha voz de trovão. Naquele dia, só arranhões, ninguém quebrara perna ou braço; inchadeira e filete de sangue. Touro machucho comendo a poeira. Ginetes admirados: muitos deles, trintanários de Borges. Não escutavam desfeitas de ninguém; respeito de todos.

Punaré desejava fazer parte daquele mundo, e tentava. Achava que era grande vaquejador. Queria impressionar Cicica, que estava ali, vendo tudo. Na hora que subiu em cavalo bravio, para perseguir novilho, e deu a primeira esporada, foi jogado no meio das palmas espinhentas. Só o couro salvou sua pele. Todos riram do molecote, que saiu ressabiado. E com raspas e escoriações no rosto e nas mãos. Não usava luvas: imprecatado amador.

De relance olhou para Cicica, que gargalhava com Baraúna justo a seu lado. Por que ela estaria acompanhada do canalha? Por que os dois pareciam tão contentes juntos? Isso não ia ficar assim.

Tentou de novo. Montou no mesmo cavalo. E mais uma vez foi lançado no ar, os membros agitados tentando se agarrar num suporte imaginário, o corpo tenso rolando pelos arbustos ali por perto. "Eta, compade, que dor!" Os músculos esticavam. Toutiço aframado. Estava assustado; aquilo tudo, uma surpresa. Pegou o chapéu apertado de aba curta, dobrada, que perdera ao ser impulsionado para o alto pelo corcel e que agora se encontrava pendurado em galho fino e tosco de uma árvore raquítica e ressequida, dez passos de distância de onde fora parar, bateu-o com força nas calças empoeiradas, espenejando a roupa encardida, colocou-o de volta na cabeça e imediatamente afastou-se da pretaria agitada, humilhado. As pessoas ali não paravam de dar risadas estridentes. Inclusive Cicica. Justo ela, que ele queria tanto. E também Baraúna, que continuava a seu lado, chupando rapadura.

Era nessas horas que sentia falta de Corisco e Deodoro, seus únicos amigos de verdade. Só eles lhe eram incondicionalmente fiéis. Só eles. No meio da multidão, Punaré se sentia completamente só. Queria o respeito e a nução dos peões, mas só recebia em troca das proezas mal realizadas as troças.

Pelo resto do dia, presenciara, encolhido num canto, mais demonstrações de valentia daqueles homens. Foi tomando a aguardente, de pouco em pouco, goles discretos, a tarde inteira, até escurecer. E então, na hora da música e da dançaria, ao ver o destrambelhado espurco ao lado de sua Cicica, não resistiu e foi tomar satisfação. Quando se deu conta de onde havia se metido, saiu correndo como uma lebre selvagem. Mas pelo menos achava que sua amada agora o considerava o próprio cavaleiro andante, um soldado de Carlos Magno, como nas histórias que ouvia contar desde menino. O gesto heroico ficaria marcado no coração da jovem. Ou, pelo menos, assim pensava. Só que, na mesma ocasião, o ato de estabanado arrebanhara a ira de Baraúna. De lá para cá, o inimigo se preparava para dar o bote. Arrependimento. Mas, por Cicica, tudo valia. Até arriscar a própria vida. E se enfrentasse Baraúna, quem garante que não venceria o combate? Quem pode dizer que não estava preparado? Sabia manejar a adaga, isso sabia, com certeza. Se o bandido chegasse perto, veria a cor da navalha, sentiria o metal penetrando a carne. Ele que se cuidasse.

No fundo da mente, porém, tinha consciência de que não era nada disso. Tinha medo. Baraúna era grande, membros desproporcionais, acostumado a brigas e durezas da existência. Muito mais do que ele. Se enfrentasse o inimigo, era capaz de se dar mal. A ideia não lhe agradava, inspirava temor. Estaria em desvantagem. Baraúna era galo brigador, acostumado às pelejas de faca e mosquetão. E ele, apenas um rapazote magro que ajudava o pai nas tarefas cotidianas, que cortava galhos, furava poços, marcava bois e tentava, como podia, montar cavalos. Queria mais do que isso para sua vida e não conseguia saber como mudar. Se ficasse lá, era capaz de envelhecer fazendo a mesma coisa o resto de seus dias. E teria de estar atento o tempo todo, porque Baraúna não deixaria de persegui-lo enquanto não tivesse sua vingança cumprida.

O entardecer chegava, o céu ficando azul escuro. Estava exausto, e nada mudara. Jantaria com os pais, fumaria um cigarro e, pela manhã, começaria tudo de novo. Olhando para a vastidão do sertão, pensou em tudo isso e uma ideia lhe veio à cabeça. No outro dia partiria dali! Sabia das dificuldades da família, mas não podia seguir com aquela vida sem sentido. Encontraria Cicica e pediria sua mão ao pai da moça. Estava decidido, e ninguém o faria mudar seus planos. Cruzaria o mato sobre o cavalo pardo calçado e levaria consigo seus dois melhores amigos, Corisco e Deodoro. Boa companhia. Daria o boi de presente para o pai de sua amada, como prova de seus sentimentos. Um dia e uma noite de viagem, em lenta andadura e marcha truncada, e, depois, estaria lá, na choupana pobre onde morava a jovem. Seria uma tristeza regalar o velho com Deodoro, mas por Cicica faria qualquer coisa.

Depois disso, os arranjos para o casório. Em sua mente, tudo se encaixava. Não via nenhuma possibilidade de falhas. O plano, bem construído. Fora de improviso, é certo, mas assim era a vida naquelas bandas. Após os arreglos, datas marcadas e ainda adiante, matrimônio consumado, correria com Cicica para o litoral. As cenas do romance fantasioso perpassavam delirantemente em cada canto da mente aturdida. Agora, com a decisão tomada, só lhe restava comunicar aos seus velhos a futura façanha. O jantar seria um bom momento para isso.

Já à mesa, olhou para os pais sem dizer palavra, como que ganhando coragem para lhes contar a novidade. Sabia que, se seu projeto não corresse como imaginava, estaria perdido nos labirintos do deserto infernal, sem mulher nem família, em escape desesperante das garras do adversário Baraúna.

Observou em volta cada detalhe da casucha que se acostumara a chamar de sua. Sentiria falta dela. Nunca havia saído de lá, a não ser para festejos nos arredores. Ia e voltava, e nada cambiava. Mas naquele momento percebia que seria tudo diferente: um dia para ir, outro para conversar e descansar, mais um, inteiro, para retornar. Isso, se não houvesse imprevistos. A imagem borrada da longa jornada parecia aguçar-lhe a percepção de cada detalhe, de cada objeto do lar. Seu cardenho de tijolos aparentes apertado e miserável, como o de muitos compatrícios. A pobreza não era seu privilégio. Pendurados na parede adornada por rachaduras e infestada de insetos, bridas e arreios; fumo de corda, enrolado, numa esquina; e chapéus de couro e de massa (lar provisório de percevejos) pendendo em pregos enferrujados, do lado da porta de batente destinto. O piso, socalcado. Nos cantos, enxadas e marracos, sacos entupidos de farinha até a boca. As imagens descascadas de santos de gesso, em frente ao oratório, junto ao retrato pintado do casal, de aspecto soturno e artificial, desta-cavam-se perto da janela. Nas prateleiras, pedaços amarelados de rapadura, visitados diariamente por crauçangas esfomea-das. Mesa, cadeiras e cômodas carcomidas por carunchos de-socupados. O lume do fogão de alvenaria ronronava, soltando uma fumacinha singela. De resto, cheiro de fuligem impregnan-do o ar. Nenhum curiatã em gaiola para lhes alegrar os dias, nem quem-quens para livrar a sala das baratas e aranhas. Só um calanguinho esverdeado que os visitava todas as semanas... Era bem-vindo.

Lá estavam os pais, de rostos enrugados e muito enve-lhecidos para a idade que tinham. Pareciam dois anciões. Nada poderia prepará-los para a novidade que Punaré esta-va prestes a lhes contar. Afinal, a vida ali era sempre a mes-ma. O lógico é que aquela fosse uma refeição como qualquer outra. Pouco se falava; por vezes, alguém grunhia, concor-dava, meneava a cabeça, levava a colher à boca, engolia o rancho salobro, limpava a boca com a manga da camisa, levantava-se da cadeira, pitava um cachimbo ou chupava um palheiro feito à mão, olhando para as estrelas, e ia deitar-se, com as costas esmigalhadas pelas tarefas diárias, para então, ainda de madrugada, ao ouvir o primeiro canto do galo, começar a trabalhar. Quando Punaré disse o que pretendia fazer, os velhos ficaram paralisados. Entreolharam-se atônitos, claramente perdidos, sem saber o que dizer.

"Num é pursive, meu fio!"

Mas era, e Punaré, decidido, reafirmou a intenção. Ia partir, tão logo arrumasse os mantimentos e preparasse a montaria. A mãe chorou, pediu para que ficasse, disse que os bredos eram perigosos. O pai se lembrou de Baraúna. Não era seguro andar sozinho pelas caatingas. Ele tinha de pensar melhor essa aventura descabida. E eles? Por acaso Punaré não pensara que poderia fazer falta em casa? Afinal de contas, só tinham a ele. O primogênito, rapaz exaltado e impulsivo, havia perdido a vida nas mãos de um ferrabrás, com quem havia se homiziado numa discussão sem importância, lá no vilarejo, algum tempo atrás. A ocisão, rápida: tiro de garrucha no peito, diante dos moradores do povoado. Já os caçulas, anêmicos e esqueléticos, esses foram levados por Deus, ainda pequerruchos. Fome e doenças. Ainda se lembrava deles nos caixõezinhos, seus corpos estíticos, mirrados, murchos, esticados no frágil ataúde de madeira. Estavam agora junto do Senhor ou, quem sabe, dos anjos. Da prole, só restara Punaré, o qual amavam profundamente. Faziam tudo por ele. Para o jovem sertanejo, porém, isso já era questão decidida. Não mudaria de opinião e queria a bênção dos dois.

Ainda em lágrimas, a mãe beijou o filho; um abraço forte foi o que o pai deu a Punaré, que quase se arrependia de partir. Mas não, tinha de se manter firme. Se queria ser vaqueiro de respeito, era fundamental mostrar coragem e firmeza de espírito. Já não era mais criança e sentia que chegara a hora de começar a tomar algumas decisões importantes. Por isso, logo pela manhã, pegaria toda a cangalha e sairia pelo mundo afora. Estava seguro de que tomara a melhor decisão.

Durante a noite, insônia. Não conseguiu pregar o olho um só minuto, pensando na saga do dia seguinte. A expectativa da gesta destroçava-lhe os nervos. Silêncio. Apreensão. Só um curiango trinou sobre o telhado...

Quando a luminosidade do dia começou a aparecer, lenta, lenta, o céu clareando devagar, Punaré já se encontrava do lado de fora, junto do pangaré resfolegante, olhando para Corisco – que açoitava o rabo para os lados, pressentindo algo diferente – e enrolando o laço de juta que em breve colocaria em torno do pescoço de Deodoro para puxá-lo ao longo do caminho. Não seria sequer preciso, na verdade, porque o boi era amigo, confiava no jovem e o seguiria para onde quer que fosse. O animal nem imaginava que seria presenteado e nunca mais veria seu dono tão estimado.

A mãe e o pai, despertos também, andavam como que perdidos pelo terreno, sentiam antecipadamente a falta que faria o rapaz em busca de seu destino.

"Procura o veio Simão, meu fio. Ele te protege por essas veredas. É um home santo, poderoso. Ouça os conseio dele. E peça uma benzedura."

Punaré colocou a carona desgastada no lombo do equino, os bolsos da capa com os objetos necessários para a viagem. Sabia onde procurar a gruta de Simão. Suas histórias corriam a região. Talvez fosse bom mesmo pedir proteção ao homem que muitos diziam ser centenário.

Corisco pulava, o cincerro ressoante sendo o único som diferente ali, cortante, metálico. Estava agitado. O garoto, quase homem, levaria a vara de vieira, seu sarmento providencial, e o facão de sempre. Podiam ser de utilidade. Deu um beijo seco nos velhos e partiu, em silêncio. Dali em diante estava só, com o cavalo, o cão e o boi como suas únicas companhias para enfrentar as agruras da natureza.

Até a metade do dia, aguentou bem. Passou pelas touceiras de coroa-de-frade e pelas lascas de calcário endurecido. Clareiras achanadas se abriám. Por vezes arquejava: galhos bracejavam, gravetos estalavam. O chão: uma fornalha. A água que levava nos cantis, cabaças e borrachas, pendurados na sela, ainda duraria bastante. Também, nenhum dos quatro bebia muito, o metabolismo já acostumado ao calor. Naqueles ermos onde as árvores viçosas rareavam aqui e ali em meio ao "deserto" poeirento, só mesmo o rosto etéreo de Cicica, como uma miragem, podia levá-lo adiante. E apenas se mantinha consciente por causa do balançar agudo do sinete do canídeo sarnoso do seu lado, que parecia se divertir com a andança inusitada.

O tempo arrastava-se, os cantos da boca de Punaré adornados por uma massa branca, pastosa: sede. Deu um gole, apenas um, no bogó. Só para molhar os lábios. Ainda não andava com tanta fome como de costume, talvez por ter colocado na mente que tinha de economizar os mantimentos. Sabia que alguns viageiros, por vezes, arrancavam raízes selvagens que não conheciam, botavam tudo goela adentro e depois passavam mal, entroviscados com a comida, tossegosos, em expirações bruscas e secas, a pele mudando de cor, as pupilas se dilatando, a glote lentamente se fechando, mal conseguindo respirar. Ele que se cuidasse.

Foi uma neblina tênue, pouco comum naqueles lados, que anunciou o fim da tarde. Depois de horas e horas nas veredas que conhecia como a palma da mão, desviara-se em certo ponto, sabendo que por uma trilha irregular chegaria até o aljube de Simão. Na lentidão do marchar macio do pangaré foi percebendo, no meio da névoa, os contornos de um homem. Era certamente o feiticeiro, "home de pudê", conhecedor dos mistérios da terra e do céu, que muitos achavam abençoado. Direto a ele foi Punaré travar palestra. Pediria conselho e, se possível, ajuda das entidades desconhecidas. Tinha mais medo do terrível Baraúna do que do canheta. O índio centenário que lhe esparramasse uma unção milagrosa para que o bandido não aparecesse em seu caminho, pensava. E, se possível, que fizesse uma reza daquelas para assegurar o bom resultado de sua viagem. Se Cicica aceitasse se casar com ele, pagaria todas as promessas. Simão precisava acudi-lo em sua aflição.

O índio Simão na verdade era tão índio quanto ele, Punaré. O pandoro era, como a maioria do povo naquela região, descendente dos nativos dali, os lábios mais grossos, o nariz mais achatado e os traços silvícolas mais marcados que os do rapaz. Velho mameluco. O jovem levantou o braço.

"Venho em paz. Queria falar com vosmecê, veio Simão. Pra pedir ajuda é que vim para estas bandas."

O ancião, coberto de erosões no rosto, concordou com a cabeça. Punaré, depois de desmontar e amarrar o cavalo, aproximou-se do "indígena", que foi logo perguntando do que se tratava. Após ouvi-lo, Simão respondeu:

"Está certo, meu fio. Mas vai custar seu facão."

Por essa o jovem não esperava. Sem discutir, em sua letargia tropeira e ingenuidade pueril, entregou na mão do hircino a ferramenta de trabalho oxidada, com a empunhadura já bastante gasta pelo tempo de uso.

"Vai sê muito útil para os meus afazeres aqui em casa. Tô precisando limpar essa mataria danada que anda engarranchando aqui tudo em volta. Agora pudemos conversar."

Os dedos compridos, de unhas sujas e malcuidadas, deslizavam na lâmina. Abria um sorriso de poucos dentes.

Aquela visita viera bem a calhar. Poderia inventar algumas palavras de conforto, invocar os espíritos das caatingas e mandar o garoto logo embora. Para Punaré, que não tinha motivos para desconfiar do mago das matas, se Simão resolvesse o caso com seus poderes mágicos, até perder o facão valeria a pena. Tinha certeza de que estava diante de um homem santo e daria os próprios sapatos se ele pedisse. Sua convicção era de que, ao sair dali, estaria invulnerável. E teria um desfecho feliz para sua desgastante viagem. Descansaria em alguma clareira, acordaria o mais cedo possível e lá pela hora do almoço já estaria chegando à casa de Cicica. Ela o receberia exultante e, depois de pedir a mão ao pai e ouvir uma resposta afirmativa, ele abriria a garrafa de aguardente que levava consigo e comemoraria com a família da noiva. Depois, um dia mais tarde, voltaria correndo para contar tudo aos seus velhos.

Relatou sua história a Simão, que ouviu tudo, calado. O feiticeiro ficou pensativo, matutando os procedimentos: caborjes. Sabia cuidar das bicheiras do gado, já salvara viajores de mordidas de cobra. Tinha antídotos para peçonhas. Sua fama de curandeiro era merecida. O pedido de Punaré, contudo, era mais complicado. Mas tinha salução. Juntando oração, igrejadas deturpadas, benzeduras de bendezeiras, ele curava as ínguas inchadas. Não era isso. Ramo de arruda na água, de tupixá em sinal da cruz, pedidos para os santos: algum haveria de ouvir. Ou, quem sabe, poderia preparar um teiforme encantado, acompanhado de bagatas e canjerês. O caso do jovem tinha de ser resolvido. Catarrão amarelo era fácil de curar; a esipra e a maleita, o mesmo. Um tropel que passara pelo refúgio, uma semana antes, ganhou uma unção que só ele sabia preparar: sumiram as inflamações, rubores e edemas dos recoveiros.

As peles e os círios enfeitavam o antro sombrio, cheio de trabéculas por todos os lados. No canto mais fundo e escuro da cova, almaraias, potes de barro, sacos com pimentas e fanerógamas. Também morganhos secos em espetos, bicos de camirangas e rabos de macaco cortados: chungaria. Esfumaçado ambiente; nevoaça. Na gaiola de madeira, uma porção de cururus. Essa seria a resposta. Simão pegou um batráquio, que chutava desesperado para todos os lados, tentando a todo custo se esquipar. Segurou na ponta das patas, bateu a cabeça da intanha três vezes na quina da mesa, arrancou toda a pele fina de uma só estirada. Jogou o animal inerte dentro da panela. As órbitas botriadas do haríolo pareciam saltar da face, o corpo rofo tremelicando inteiro. Precisava completar a receita: pitadas de cidreira, mangiroba e mastruço, orações de são Cipriano e são Bento, cachimbadas. Senceno. Em seguida, ainda jogaria na caldeira uma mainça de jurema raspada, saramátulos em pó, pedaços de manacá, um pouco de leite de cabra, duas gotas de sangue de carneiro. A água fervente borbulhava.

Punaré sentiu asco, mas conteve-se. Do lado de fora, Corisco, Deodoro e o cavalo não se importavam. Não tinham a menor ideia do que se passava lá dentro.

"Bebe tudo."

Com a mão esticada, Simão oferecia uma cuia cheia de um líquido leitoso e sujo ao rapazelho.

"Isso vai lhe fazer bem. Vosmecê vai ficar protegido. Acredite."

38 Cansaço, a longa estação

Punaré tossiu um pouco e em seguida tomou todo o conteúdo, fazendo cara de que não gostava do sabor acerbo do estranho chá. O brumaceiro danado cobria todo o ambiente, a cara de ensandecido do anciano metia medo.

Punaré tinha a sensação de que estava vivendo num mundo paralelo, quimérico, muito diferente de tudo que já vira até então. Depois de engolir a beberagem almecegada, sentiu tonturas e dormiu. Delíquio. Acordou horas mais tarde, ainda enjoado.

"É assim mesmo, meu fio. Vosmecê vai ficá logo bom."

Realmente, o efeito do preparado era inusitado: vertigens, visagens, avantesmas. Naquelas horas entre o sonho e a realidade, ele podia garantir que Cicica estava lá, com a roupa branca do casamento, segurando o buquê melancólico, esperando por ele. Em pé, em frente ao altar, do lado do padreco do vilarejo, todo paramentado, e de Baraúna, com um revólver na cintura e a cartucheira cheia de balas, ela pedia que Punaré se achegasse; mas ele não podia, estava como que petrificado, deitado, os olhos azuis parados, sem conseguir se mexer nem sair do lugar. O rosto do clérigo, então, começava a se transformar, as feições mudavam, e ele ganhava a aparência do desdentado Simão, que bolinava a jovem e depois lhe dava um beijo úmido nos lábios. Em seguida, Cicica se voltava para Baraúna e também o beijava ensandecidamente, enquanto o bandoleiro esfregava-lhe as mãos peludas nas coxas. Ela, então, mirava os olhos de Punaré, sem dizer palavra. E depois, como um fantasma, ia se distanciando lentamente, até se evaporar por completo. Punaré gritava, gritava, pedindo para que ficasse. Mas ela sumia.

Essas alucinações duraram boa parte da noite, até que, finalmente, conseguiu relaxar a musculatura tensa. Só foi acordar de manhã. Simão preparava algo na caldeira, Corisco corria e fazia soar o sinete, Deodoro continuava a lamber os beiços com a língua acolchoada e o cavalo apenas resfolegava, depois de ter tomado toda a água que lhe fora dada pelo suangue.

O rapaz deu uma longa espreguiçada, espalmou a face para melhor despertar e seguiu, ainda zonzo, na direção do velho gougre, que admirava, como uma criança, o facão. Continuava enjoado da noite anterior e sem saber o que aquelas pilouras significavam.

"Vosmecê sofreu muitcho, meu fio. Já passou pela provação. Aguentou a beberagem do cururu. Tá com mais força agora."

Punaré meneou a cabeça.

"Já está preparado para o resto da jornada, meu fio. Pode ir que tá protegido."

O jovem vaqueiro inexperiente acreditou, sentindo-se aliviado. Tudo que vivenciara na madrugada fazia parte do seu teste. Conseguiria superar o desafio das almas penadas e as provocações dos espectros sertanejos. Seu caminho, naquele momento, estava livre, desimpedido, aberto. Fosse qual fosse a vereda que pegasse, estaria na direção certa. Mesmo um pouco mareado, o corpo dolorido como se tivesse sido surrado, trazia uma alegria misteriosa no semblante. Mais uma vez lembrou-se de Carlos Magno e dos doze pares de França. Punaré sentia-se um rei, conquistaria toda a hinterlândia, inimigos não poderiam com ele, venceria qualquer combate ou duelo com uma mão nas costas.

Simão, no fundo, sabia que de nada adiantaria a poção, só mesmo dor de barriga. Mas não disse nada ao rapazote ludibriado. Afinal, não queria decepcioná-lo nem destruir suas expectativas ingênuas. E queria ficar com o facão, que lhe seria de muita serventia. Um utensílio daqueles não se ganha todo dia. Era bom deixar as coisas como estavam e todo mundo ficaria contente.

40 Cansaço, a longa estação

"Agora vai, fio. Pode ir. Vai seguir o seu caminho que o veio ainda tem muito que fazer por aqui. Esteja abençoado. E sempre que precisá, sabe onde me procurá."

Estava na hora de continuar a viagem para a casa de Cicica, que nem desconfiava de sua aventura. Acreditava que em pouco tempo chegaria lá. Conhecia bem aquelas sendas da caatinga. Agradeceu o mameluco com um abraço, montou no cavalo e foi embora.

Quando o sol estava a pino, torrando a cachola, percebeu que se perdera. Bom conhecedor dos mais secretos sendeiros dali, não podia compreender como saíra de sua direção. Aquilo em volta não era nada familiar. Girou o pescoço, mirou para frente, para trás e para os lados, coçou as têmporas molhadas de suor.

No meio do mato, um vulto, homem encapado com chapelão desproporcional. Era só uma silhueta escura entre os galhos: fez estralar gravetos, não abriu a boca. Corisco latiu e foi correndo atrás do homenzarrão misterioso, o sininho tilintando cada vez mais longe até seu som se perder entre as ramas desnutridas.

"Vorta, Corisco! Num vai para esses lados!"

Só o silêncio. O cão se meteu na caatinga e desapareceu.

"Vorta, Corisco!"

Mas o perro não retornava. Quem seria aquele indivíduo? Por que não se identificara ao ver o jovem? O cavalo de Punaré bufava, escouceava, batia os cascos sem ferradura no solo, como se pressentisse algo estranho. Nervoso, o rapaz movia os olhos ininterruptamente, procurando o cachorro e esperando por um ataque inimigo que não chegava. O calor abrasador arrasava a natureza pobre. Gotas salgadas deslizavam na jugular, a papa branquicenta se acumulando nos cantos da boca. Desmontou, amarrou o cavalo e o boi numa árvore desfolhada, segurou com firmeza o porrete, foi adentrando pela mata pelada. A roupa de couro o protegia, mas ainda assim se arranhou.

"Corisco, cadê vosmecê? Vorta para mim, seu cão sarnento!"

Nem um latido.

"Corisco, por onde vosmecê anda? Se vosmecê num vortá logo, lhe dou uma surra daquelas!"

Ainda, o silêncio. Então, o barulhinho singelo da sineta. Finalmente ia encontrar seu cachorro! Foi seguindo o som metálico. Até chegar a uma clareira e ver, assombrado, Corisco dependurado pelo pescoço, com as orelhas e o rabo cortados, balançando de um lado para o outro, como um pêndulo, num galho. A língua do cãozinho pendia para fora da boca.

"Não, não! Isso num é pursive!"

Punaré destrambelhava em soluços incontroláveis.

"Vosmecê não, Corisco! Por que isso, meu são José, por quê? O que eu fiz de mal? Corisco! Corisco!"

O rapazote não conseguia se aprumar, tremia inteiro como vara verde. Nunca chorara como daquela vez. Com as mãos trêmulas, segurou com suavidade, carinho, seu Corisco e retirou a corda que o enforcava. Abraçou o animal como se fosse um filho, aos prantos. Por que alguém faria aquilo? Como podia haver tanto ódio num ser humano para matar um bichinho que não fazia mal a ninguém? Andou lentamente de volta ao cavalo. Não largava o cachorro. Depois de enterrar Corisco e improvisar uma cruz com os gravetos, tirou o chapéu, rezou baixinho uma oração, fez o sinal no peito, montou no pangaré e decidiu seguir em frente.

Aquilo devia ser obra de Baraúna. Bandido! No meio da matarama, só pensava no amigo de sempre, o rabicho frenético, os latidos por comida, a carcaça esquelética, o focinho sempre remexendo a terra em busca de alguma coisa. Seu Corisco! Até agora não podia acreditar.

E o tempo ia passando no vagar dos minutos. Um, dois, três, quatro, cinco, seis; e de seis foi a dez; e dez, a vinte; e de vinte, a quarenta; e depois, uma hora; e duas; e três; e quatro... Os minutos se arrastavam, as horas se arrastavam, e Punaré não sabia onde estava, naquela imensidão no fim do mundo.

Percebeu que Deodoro não andava bem, as pernas fisgando, dificuldade para respirar. Este, seu outro companheiro de todas as horas, que ia ser o presente de Cicica. Talvez aquilo tudo fosse maldição. Já começava a pensar que não devia ter decidido dar o boi a outra pessoa. Sentia-se um traidor. E Baraúna devia estar por trás disso tudo. Só podia ter sido ele o responsável pelo assassinato de seu cachorro. Como diziam que o bandoleiro tinha pacto com o tinhoso, talvez tivesse jogado feitiço em cima deles. Isso era coisa do provinco! Punaré pegou o terço e apertou-o junto do peito. Enquanto marchava a cavalo, ia rezando, de olhos bem abertos, atento a tudo.

O boi, ah, esse andava mal. Uma pata de cada vez, lento vagar, o peso gigantesco sobre as pernas finas que tremelicavam. Todos os planos de Punaré estavam dando errado. E agora, completamente perdido, tinha de escolher um lugar para passar a noite. No fim da madrugada, de cabeça no lugar, sairia à procura das veredas que o levariam à casa da amada.

Encontrou um espaço descampado bom para esticar as pernas. Chutou uns pedregulhos, limpou a porção de terra onde ficaria. Os pirilampos piscavam em toda parte. Colocou a coberta grossa no chão, acendeu uma fogueira pequenina, sentou-se e ficou olhando as chamas dançando. Mas os ouvidos estavam alertas; os olhos também. Já imaginava o chavelhudo chegando ali, em cima de um javardo, acompanhado de cerdos brenhosos, grotescos, correndo junto dele, com os pelos pontudos, arrepiados, em desespero selvagem. Se o cifé aparecesse, estaria frito. O fogaréu singelo que o aquecia ia servir para cozinhá-lo no espeto. Seu corpo seria colocado no moquém, as forquilhas fincadas no chão segurando a carcaça fumegante: grelha dos infernos. O cramulhano, com aquelas asas negras de morcego abertas, chifres em espiral e barbicha de bode, ia comê-lo vivo, ao som do toré, arrancando-lhe as partes, o fígado, os rins e, depois, o coração. Finalmente, lamberia os dedos. As véstias protegiam Punaré da caatinga, mas não do zarapelho. Isso era diferente. Olhava para as labaredas e mesmo assim sentia um calafrio a lhe percorrer a espinha. Se ouvisse um grunhido, saberia que era o caititu que comia gente chegando. E montado nele, barzabu, vindo direto das trevas. Fez de novo o sinal da cruz. Vaga-lumes voavam, apareciam aqui e ali, alheios a todas as preocupações do "vaqueiro".

O cavalo parecia mais calmo, enquanto Deodoro soltava mugidos intermitentes. Dor e desconforto. Em certa hora, quando Punaré começava a pescar os olhos, pensou ouvir os passos de alguém se aproximando. Deu um pulo no mesmo lugar. Mas não era nada: nervos à flor da pele.

Queria que aquela noite passasse logo para poder prosseguir. Já estava um dia atrasado, ainda teria de encontrar o caminho certo e viajar muitas horas no calor do sertão. Mesmo assim, tinha certeza de que conseguiria chegar mais cedo ou mais tarde a seu destino. Seria recompensado.

Pensou em Corisco. Ah, que saudades do seu cachorro... Mas agora não adiantava chorar. Lembrou-se, em seguida, do velho mago Simão. Aquele safado! Percebia que de nada adiantaram os feitiços do pajé. Era um embusteiro, isso sim. Diziam que o homem era lunarista, ledor da buena-dicha. Tudo mentira. Fora enganado por aquele harúspice delusor. Estava sem faca e sem direção, praticamente desarmado, perdido; seu cão enforcado por algum malfeitor, o boi Deodoro doente, em mugidos plangentes, em algum lugar do sertão. Suas forças iam se exaurindo. Chegou a achar que sua gesta não valia a pena: uma farsa. Não era herói, nem cavaleiro, nem rei. Era somente um projeto de vaqueiro, franzino, pobre e cansado, que talvez sonhasse muito alto. Seu destino, quem sabe, fosse mesmo ficar o resto da vida na fazendola do pai, longe do mar e da ilusão do amor. Mas, se chegara até ali, prosseguiria. Agora nada, nada mesmo poderia detê-lo. Que viessem o tisnado das asas negras, o mandéu do inferno e o inimigo Baraúna. Punaré enfrentaria a todos. Uma coragem súbita penetrou-lhe nas vísceras. Nem as jaguatiricas agora o preocupavam. Não conseguia cerrar as pálpebras, na excitação por encontrar logo Cicica. Seu vareio impedia o sono.

Mastigava a macaxeira com dificuldade, dava um golaço na sinhaninha para aquecer e, em seguida, enrolava o fumo. Deu duas longas baforadas, bocejou. Repelia com o evolar-se do tabaco rançoso a incômoda presença de himantopos que haviam ido visitá-lo naquele cafundó. Cheiro de nicotina no ar. Mais um hausto na canguara. Ouvia o crepitar das chamas, os ruídos dos insetos minúsculos do matagal; sentia também o sopro da brisa singela e a luminosidade fosca da lua perdida lá no alto. Não via a hora de o céu começar a azular. Ia partir na primeira clareada do dia.

Percebia que o pisante esburacado e a calça de algodão grosso, encardida e remendada, não eram a beca ideal. Só o casacão de couro impunha respeito. Devia ter trazido vestimenta mais digna para tão importante evento. Mas se Cicica o amava, isso não importaria. E depois de presentear o boi, estariam comprovadas suas boas intenções com a moça.

Mas de Deodoro só escutava o queixume. Não andava bem. Punaré se levantou e acariciou o velho amigo. Sabia que sofria. Era só aguentar mais um pouco. Logo estariam na casa da futura noiva. O pai da jovem certamente cuidaria da enfermidade do animal. Em pouco tempo, ele estaria novo em folha.

Assim que saiu o sol, lá foi Punaré seguir seu caminho. As primeiras horas da manhã mostravam que tudo seria igual. As bagas de suor corriam-lhe no peito à mostra; a véstia, aberta. Lá pelo meio-dia, encontrou a senda perdida e voltou, entusiasmado, à trilha tão almejada. Agora não havia mais forma de se perder, não senhor.

A lentidão, contudo, era evidente. Deodoro mal conseguia manter-se de pé, ossos e músculos pressionando as pernas fragilizadas. A doença do bicho, um mistério. Punaré começou a acreditar que tudo fora obra do inzoneiro Simão. Enquanto estivera dormindo, ou nos delírios desesperantes, não pudera ficar de olho em seu amigo bovino. Talvez o áuspice arrepanhado tivesse dado algo ao quadrúpede, água contaminada, elixir alucinante ou poção cheia de maldade. Ficava claro que Deodoro não conseguiria aguentar por muito mais tempo. Até que estancou de vez. Não podia dar sequer um passo.

"Inguenta, Deodoro! Falta pouco. A gente já tá chegando."

Mas o boi não se mexia. Com o que restava de suas forças, Punaré puxou a corda enrolada no pescoço da rês. Mas só fez arrancar sangue da palma de sua própria mão. Deu um grito, olhou para os céus pálidos e inclementes e depois para seus dedos ensanguentados. Nem assim chorou. A vontade, porém, era grande. Pressionou as mãos na calça o tempo suficiente para que o fluido vital coagulasse. Roupa suja, rosto suado e com cicatrizes, hematomas no corpo, dor nas juntas, mãos inchadas. Assim se apresentaria para a família de Cicica. Já começava a ter vergonha de aparecer dessa forma na casa da moça. Poderia largar tudo e retornar para a companhia de seus velhos, que a essa hora deviam estar trabalhando como dois condenados. Mas o orgulho falava mais alto; não desistiria.

Deodoro começava a expelir um líquido verde da boca, bílis. Mugia alto, a cabeça maciça movendo-se desconexa. E então, como já era esperado, o bicho tombou violentamente todo o seu peso no solo calcificado.

"Deodoro! Não, não! Meu amigo, se levante, pelo amor de Deus! Num faz isso comigo! Eu num te dou mais de presente, eu juro! Eu te peço perdão, Deodoro! Mas se levanta! Por favor!"

O animal ainda tentou, soltou um urro e lançou em seguida a cabeça larga no chão. Um "crec" foi ouvido, o osso da mandíbula que se quebrara. E aí acabava a história de Deodoro, no meio do sertão silencioso.

"Levanta, Deodoro! Levanta, meu amigo!"

Punaré sabia que seu boi nunca mais se ergueria. Nesse momento, nesse justo momento, começou a chorar incontrolavelmente, como se estivesse soltando todo o desespero que tentara conter até aquela hora. Lágrimas grossas corriam sem parar em seu rosto, os soluços do pranto podiam ser ouvidos de longe. Perdera seus dois únicos amigos de verdade, o cachorro Corisco e o boi Deodoro. Agora estava só, só, só, sem mais ninguém por perto para ajudá-lo. Tinha apenas seu pangaré calçado, que nem era seu, era de seu pai, e a quem não amava tanto quanto aos dois outros animais. Continuou na estrada estreita, de vez em quando olhando para trás, para ver a carcaça de Deodoro cada vez mais longe, distanciando-se, até se perder de vista de vez. E, depois, não virou mais a cabeça.

Manteve-se na senda, sem parar um só minuto, sem se preocupar sequer em beber água. Parecia sedado, hipnotizado, a cabeça esquentando, o gibão aberto, as mãos machucadas segurando gentilmente as rédeas. Poucas horas se passaram, nem ele mesmo tinha ideia de quanto tempo estava marchando em cima do cavalo exaurido.

Até que viu a casa de Cicica. Estava ali, no campo aberto e seco, o pai e a mãe no alpendre, conversando. Sentiu uma aparente felicidade, mas no fundo estava tão entristecido com tudo que lhe acontecera que não conseguia comemorar. O desgosto era maior. Lentamente, aproximou-se dos dois. Ergueu o braço sinalizando que estava chegando. Os velhos olharam, sem acenar e sem nada dizer. Era como se não se importassem com aquele que aparecia ali. Punaré foi logo falando:

"Vim ver Cicica, compadre Manuel."

O homem, de rosto embargado, apenas respondeu:

"Cicica num tá. Foi-se embora."

O que ele dizia não podia ser verdade.

"Mas como? Embora pra onde?"

E o velho:

"Fugiu com aquele bandido, o tal de Baraúna. Ele passou aqui cedinho de manhã, disse que amava nossa fia e que ia levá ela de qualquer jeito."

Punaré arregalava os olhos, sem conseguir acreditar. Falou resignado:

"Vocês deixaram ela partir. Minha Cicica, agora nas mãos daquele celerado."

O pai da moça apenas retrucou:

"Ela quis ir com ele, meu fio. Num teve jeito, não. A gente pediu pra que ficasse, mas ela só andava falando dele nesses tempos. Dizia que a vida aqui era ruim, que queria aventuras e que Baraúna era homem de coragem. Quando ele veio, Cicica subiu no cavalo dele e foi embora."

Aquilo era mais do que Punaré podia suportar. Todo seu esforço resultara naquele desfecho. Por dentro, sentia o desespero lhe penetrar nas entranhas. Foi caminhando vagarosamente, numa lentidão insana, arrastando os pés no terreiro poeirento, sem direção definida. Perto dali, campos de algodão, que mudavam a paisagem da caatinga e dealbavam o sertão. Os capuchos branquejavam, milhares de botões singelos, a malvácea no meio da imensidão. Punaré foi andando, andando, e então seus passos começaram a ficar mais largos. Corria. Entrou como um louco no meio dos hibiscos que despontavam em toda a parte. Estava desesperado. Só lhe restava correr.

BaRaúNA

Se decidir alguém procurar, nas antigas lendas do passado ou nos fatos esquecidos de outrora, a verdadeira história de João Baraúna, conseguirá desentranhar o fio das tradições perdidas do velho setentrião, pois ouvirá da boca dos sertanejos mais do que apenas a saga de um homem terrível, assassino e sorrateiro. No torvelinho dos acontecimentos, em meio a verdades e desditas, será possível encontrar a epopeia de toda uma geração de homens e mulheres que viveram naqueles confins, muitos lustros atrás.

Baraúna, bandido! Daquele monstro, assim davam a descrição... Testa larga e franzida na grimaça de caburé; os poucos dentes que lhe restavam, podres e acuminados, escurecidos pelo tabaco, despontando como puas nas grossas gengivas escarlates. Um cavaleiro do apocalipse, soltando fogo pelas narinas e vomitando gafanhotos da bocarra bafienta: levava a peste por onde passava. Cabelos cacheados e talho robusto; barbicacho acima das sobrancelhas, segurando chapelão desengonçado sem ornamentos: testeira repleta de ilhoses; cinturão municiado com dezenas de balas enfileiradas em torno do quadril. Pescoço coberto de pústulas e jugular saliente, a sustentar a cabeça de formato irregular. Nas orelhas pontiagudas de guandira, pelos negros, como alambres amassados, saltando em ziguezague da cavidade auricular; língua bifurcada de jararaca. E rengo também: culpa de uma bala de lavanca papo-amarelo ou cruzeta (não se sabia ao certo) encravada havia muito na perna delgada. Em seu andar serpentino, parecia o tisnado em pessoa: carangonço traiçoeiro. No dorso das mãos, protegidas por luvas de vaqueiro, subiam veias esverdeadas até a metade do antebraço; seus dedos, enfeitados por unhas gancheadas de harpia ou gavião. Certa feita, comentavam os prosadores de antanho, estrebuchou um inimigo sem piedade, arrancou-lhe o fígado com o punhal de cabo de madrepérola e comeu-o inteiro, acompanhado da boresca mais ardida da região. Depois gargalhou como besta fera ensandecida, limpando os lábios com a manga da camisa desgastada. Nas profundezas da caatinga, aparecia de repente, com estouro de pólvora em volta, fumaceira danada dissipando-se por entre as árvores retorcidas. Todos os animais que estivessem por perto fugiam logo dali, espavoridos. Figura macabra aos olhos do populacho.

Mas não. Tudo um mal-entendido. Baraúna não conseguia compreender por que a gentarama no fundo daquele mato dos diabos o considerava um bandoleiro. Afinal, não era assassino por contrato; jamais recebera um tostão sequer para eliminar ninguém. Detestava matar. Queria mesmo era manter distância de ladrões e sicários. Também não andava em grupo: fazia tudo sozinho, vida de solitário. Sua lenda negra, aparentemente, só começara depois que varara a bala umas volantes que mataram a tiro seu pai. O chefete da conróbia, tenente mequetrefe, desse ele cortara a goela: questão de honra. Pior do que matar homem safado era roubar cavalo dos outros. Isso, sim, coisa sem perdão, que ele nunca fizera.

Fora sempre desprezado, jogado de lado, desrespeitado... Falavam mal dele desde criança; a fama de perverso vinha de longe. Quebrara as laterais e as pontas de dois ou três dentes, ao tentar laçar uma rês na fazenda do coronel Jacinto Borges, algum tempo atrás. Tacho no chão, poeira subindo, chanfros estilhaçados. Só por isso, já comentavam que ele era a cara do cão! Dentes de pontas afiladas, ora essa! E sua feiura, não podia explicar. Era feio, e pronto. Não tinha culpa de ter nascido com aquela aparência. E depois que o canalha do José Eleutério, vulgo Punaré, riscara seu rosto com uma faca numa briga na fazenda Alvorada, tudo piorou.

Não podia entender tamanha maldade. O rapazote tinha cabelo claro, olhos azuis, devia se achar melhor do que os outros. Já ele, Baraúna, cafuzo de pele escura, como muitos ali. As agruras da vida o tornaram um ancião antes do tempo: costas encurvadas, corpo rijo e magro, cataplasmado incorrigível. Culpa da miséria.

Aquela gente toda, parda como cobre, tinha preconceito dele! Era só mesmo o que faltava! E as histórias de suas relações com o demo? Com o coxo das profundas? Credo em cruz! Tudo mentira! Tudo parte das crendices e da imaginação mirabolante daqueles sarnentos. Invencionices. Gente da taba furada, povo folgazão, palrador e lambanceiro. Justo ele, Baraúna, que tanto acreditava na Santa Igreja! Sempre carregava um rosário, escapulários, bentinhos e medalhas. O arcanjo Gabriel o defendia do ataque dos inimigos. E, na necessidade, ladainha da Virgem e ofício de Nossa Senhora. Ou então, de joelhos vergados, pedia proteção para são José, santo de muita admiração.

Corpo fechado: bala se desviava do peito, lâmina de estilete dobrava no gibão. Tudo pela força da fé. Os incréus que lhe dessem ouvidos. Vez ou outra seus olhos ficavam embaçados pelas lágrimas, tamanha tristeza lhe acometia. Estava cansado daquela vida de durezas e de ser tão ultrajado e agredido pelas pessoas...

Na infância, ajudava o pai a cuidar das poucas cabeças de gado magro que possuíam. Tempos depois, venderam todas as reses. Só lhes sobraram umas cabras e uns bodes esquálidos.

Desde menino, escorraçado pelo povaréu. Nunca fizera nada de mal a ninguém. Talvez isso tudo porque fosse o mais pobre dos pobres dali, ou então o mais feio...

Lembrava-se de um folguedo do boi muitos anos antes. Fora escolhido para interpretar o quadrúpede cornamentado. Dois homens, protegidos pelos capotes de couro, varas de ferrão nas mãos, batiam no petiz em fantasia rústica, cantando em coro, fingindo levar o armento para o pasto. Chegava então outro indivíduo: era o capitão! Cavalo de pau, meninotes com blusas coloridas acompanhando, Arlequim e Galante, e, logo atrás, a pastorinha. A profusão de figuras, protagônicas ou não: um valentão, outro mais, vaqueiros. Depois surgiam Pai Chico, o padre, o sacristão. Rajados e caboclos. E Baraúna, apenas guri, piruetava em transe, no miolo da armação de madeira, coberto pela casca da fantasia de boi, feita toda de pano e cipó. Costuras em ouro, veludo bordado, adornos variegados, franjas fulvas nas bordas, que cintilavam com a luz do sol, fitas cetrinas esvoaçando nas pontas dos chifres estilizados. Nunca se vestira de modo tão rico e elegante antes! Pelo menos uma vez na vida, sentia-se importante. Pensava que fazia algo de valor. Mal sabia ele... Logo chegava o cavaleiro: gritava, chicoteava. Bumba, bumba! E mais feroz tornava-se o capitão, espancando a gentarada. O pobre boi sofria em dobro, quando na mão da negra Catirina, mulher de Pai Chico, começava a ser surrado a pauladas. Tudo de brincadeira. E de verdade. Baraúna sentia como se fosse ele o alvo real do vulgacho. A cada golpe, ouvia as risadas e os aplausos daqueles petrecos desgracentos: bando de esmifras!

O boi, ou melhor, Baraúna vestido de rês, adoentava-se, recebia visita de doutor, que lhe dava medicamento: curado, voltava a dançar em piruetas alucinantes. A Catirina, com ódio no peito, retornava e matava o bicho. Todos choravam, a pastorinha em desespero, até mesmo o capitão. Ao final, chegava um boneco gigante, desajeitado, mexendo os braços, a cabeça enorme fitando a todos. Aos saltos, corria para agarrar a criançada furdunceira, que gruía. E o boi ficava de lado, esquecido num canto.

Baraúna, descabelado e exausto, tirava a fantasia e percebia que não tinha mais ninguém olhando para ele. Já estavam comendo, bebendo e bailando, embriagados, ao som das quadrilhas animadas. Quem ia se importar com aquele garoto feio e magro? O menino por acaso não tinha nada melhor para fazer que ficar ali, esperando algum elogio por sua dança do boi? Iam conversar sobre suas vidas ocas e abandonavam Baraúna no meio do terreno empoeirado. Ele que procurasse seu pai e fosse logo embora dali. Se quisesse, até podia ficar no bochinche. Mas que não incomodasse...

Os anos se passaram e, mais tarde, aquele menino se tornaria vaqueiro, tangedor de maromba de gente endinheirada. Essa era a forma de sobreviver e ajudar seu velho. Afinal, sempre a mesma coisa por aquelas bandas. Abencerragem precisando de braços, muita gente sem emprego, só desgosto. Eram escolhidos os mais parrudos, assim, assim como se fossem gado. Você vai lá... Você, aqui... Muitos outros, sem serviço, voltavam para casa. Era labuta desesperante, segunda a sábado, onze horas por dia, uma hora de descanso, e, na barriga, só um pouco de feijão-de-corda, farinha de mandioca e rapadura de cana, dura, de quebrar os dentes.

Quem mandava ali era o coronel Borges, maioral e senhor da região, de estatura regular, corado e robusto; o nariz, aquilino e comprido, na cabeça onde aparecia uma leve calvície; cego de um olho; boca torta de tanto fumar cachimbo. Era dono de dois cachorros apavorantes, filas tigrados de focinho escuro, Cerberino e Gurmalindo, que rondavam ameaçadores em volta do curral, olhos chispantes e presas prontas para abocanhar quem não seguisse as ordens do patrão. Do alto de seu corcel, o famoso Calebão, o bosse dizia aos homens o que fazer, enquanto a mulher, a já grisalha dona Lupereia, mais gentil que o marido, cuidava para que as reses recebessem os melhores cuidados possíveis.

Já os trabalhadores, isso era outra história... Borges só confiava no seu capataz, um escroque nomeado por ele para ser seu ordenança, o vaqueiro Zé Itama, que pigarreava constantemente e, com dedo em riste, indicava o que fazer; sentia-se o rei dos tratadistas e quase o único dono daquelas amplidões.

Baraúna era cavaleiro, gostava de montar, conduzir comboios, levar alfeire para longe. Que não lhe dessem passarinheiro, mocambeiro nem acuador! Nem aqueles largos de rego aberto. Apesar disso, ele respeitava mesmo as pessoas que furavam cacimbas, colocavam o bogó no fundo do poço e traziam aquela água fosca para cima. Ou aqueles que cortavam madeira no meio da matarama. Essa gente tinha valor. Trabalho duro mesmo, passar o dia no sol inclemente, naquelas terras assoladas, hostis, entre as macegas altas, as folhagens urticantes; macambiras e mandacarus. Palmatórias aqui e ali, rabos-de-raposa. Sarçal ardente. E, depois, carregar tudo para o vilarejo, para ajudar a consertar as paredes da capela ou construir as casas do povo. Estava mesmo cansado daquela vida desgracenta, trabalhando para os outros, sendo desmerecido, e agora um fugitivo.

O que compensava era saber do amor de Cecília, moça de família, respeitadora e ordeira. Já havia se encontrado com ela *algumas vezes; fora correspondido. Percebia que, ora e vez, ao passar perto da casinhola da menina – fosse levando boiada, fosse apenas para olhá-la, sem desculpa nenhuma que não só sua presença ali, dizendo que estava de passagem, a caminho da fazenda onde trabalhava –, ela o fitava de um jeito diferente, abria-lhe um sorriso, insinuava-se. Na última festa de apartação e violada, na fazenda Alvorada, um tanto distante de onde morava, viu que teria sua oportunidade, finalmente. Achegou--se da garota, primeiro timidamente, e então, depois de tomar só um pouco da sinhaninha envelhecida, com mais coragem e jeito falastrão. Cicica gostou, sentiu-se admirada. Percebeu em Baraúna homem de pulso firme e valentia sem igual.*

O escarafuncho, por certo, animava-se: gente se fartando de comer e beber. Canjebrina correndo solta. Baraúna então teve a coragem de pegar na mão de Cicica pela primeira vez. Ela deixou. Juntos assistiram aos vaquejandos em exibição colossal. E também viram quando Eleutério tentava montar e era jogado para longe, pelo cavalo corcoveante. Riram muito, os dedos entrelaçados, ele chupando uma rapadura doce que só.

O dia fora longo, certamente. A presença de repentistas violeiros, obrigação. No desafio, alguém venceria. Chico Marsias era bom, cantador de velha guarda, sabia rimar e, nas sextilhas sincopadas, provocar. Mas melhor que ele era Diógenes Terambó, tocador daqueles, jovem só de espírito, a neve dos anos cobrindo-lhe a fronte. Ele dedilhava sem parar, a língua de coral sobrepujando qualquer contendor da circunvizinhança e lugares mais distantes, se fosse. Não tinha para ninguém. Um cantava e o outro respondia, a roda em volta em extrema admiração, gente como que hipnotizada pelas ditas acusatórias e pelas divertidas réplicas ferinas. Cordas vibrando, o som metálico flutuando no ar, a multidão gargalhando e aplaudindo. As mães, as quengas e as porcas apareciam de verso em verso. O oponente então, obrigado a responder de supetão, no improviso dos minutos ritmados, fazia novas provocações. Mais regozijo até a vitória ser finalmente decretada. Terambó se sagrara campeão!

Foi assim a longa diversão. Até ocorrer, no fim da jornada, a malfadada peleja com o tal de Punaré. Aquele invejoso conseguira quatro comparsas, um tenente e três macacos, para segurá-lo, enquanto fazia as honras com o estilete em seu rosto. Dera um bote de cascavel: Baraúna, pego de surpresa. A carne crua, cortada na diagonal, o sangue borbulhante escorrendo até o tórax suado. Ele não conseguira sequer usar sua peia-boi, o chiqueirador desgastado que sempre carregava consigo. Já o rapazelho correu, sem largar a lâmina; não teve coragem de enfrentá-lo de igual para igual, de mostrar que com ele podia, no braço. "Punaré! Punaré! Seu rato-do-mato! Você me paga." Aqueles mesmos safados, a soldadesca traiçoeira e seu cabecilha, seriam responsáveis, dias mais tarde, pelo assassínio de seu pai. Diziam ser os mantenedores da lei e da ordem. Aldrabice! Lamarentos cafumangos, mangalaços da pior qualidade. Isso não ficaria assim, ele teria seu ajuste de contas. Só questão de tempo. Punaré plantou vento, ia colher tempestade...

Manhã queimosa de um novo dia que nascia. O clarão do sol alumiando toda a região. Baraúna sentia dores no corpo e um vazio latejante na alma. Recordava-se do dia anterior e da altercação com aquele filho de uma égua. Quando conseguira se desvencilhar dos supostos amigos de Punaré, estralejou o chicote com força no pescoço de um deles. Daria uma sova na gentalha, em luta peito a peito.

Da cintura puxou o punhal e, com ele, traçou circunferência. Que ninguém chegasse perto. A malta assustada deu pulo para trás, abriu os braços, afastou-se um pouco, evitou confronto: o sangue escorria na carantonha inchada. Depois disso, decidira partir dali, envergonhado de toda a situação, a cicatriz profunda infeccionando, homens e mulheres apenas assistindo ao espetáculo, em silêncio. Pegou seu cavalo e voltou para sua choça, bem longe de todos, os listões cinábrios do céu indicando o poente.

Agora, cedo pela manhã, ainda tentava cuidar dos ferimentos. Seu velho pai, viúvo havia anos, com os dedos ossudos, mãos trêmulas, colocava delicadamente em cima do corte um unguento que nunca falhava, preparado por seu Esmuno (o qual sempre encontrava na feira para prosear), para limpar o sangue coagulado. Tinha carinho pelo filho.

Baraúna não sabia por que Punaré o havia atacado. Nem o conhecia! Talvez já o tivesse visto alguma vez, quem sabe numa apartação. Mas nunca chamara sua atenção. Só podia ser um cabra valentão, desses que gostam de provocar os outros sem nenhum motivo. Companheiro da puliça, safado provocador. Por que Baraúna fora atacado? O que fizera para merecer tamanho ódio de alguém com quem nem mesmo travara parlenda? Pensava em tudo o que acontecera e nos comentários e pilhérias do povo. E também pensava em Cicica, que devia estar rindo dele àquela hora. O que Baraúna não sabia é que Punaré nem sequer conhecia aqueles quatro brigões. Sempre andavam juntos, de farda ou à paisana, nas ruas dos lugarejos e nas festas em fazendas dos arredores. Perceberam a confusão, resolveram intervir, só para ver no que daria. E Punaré, sem saber de nada, apenas aproveitou para fazer o corte e correr dali que nem um coelho amedrontado.

Dois dias depois, Baraúna já estava novamente na fazenda de Borges, trabalhando. Ninguém comentou esse assunto com ele: o coronel não queria confusão nem procusto perto de sua casa. Que tudo fosse esquecido, para o bem de todos. Seu colomi, fâmulo menoscabado pela populaça dos arredores, ao que parecia, andava sendo falado por aí, acusado de ter começado a briga com Punaré e uns meganhas do vilarejo. Era bom que ficasse quieto e não desse motivos para ser despedido. Quanta injustiça!

Baraúna mais uma vez percebeu como estava cansado do guante daquela opressão. Sentia que não tinha para onde fugir, aprisionado ao ambiente que o cercava, àquelas pessoas que o escarneciam, ao patrão que lhe dava ordens sem parar. Mas não podia ficar à toa, sonhando em sumir dali. Tinha era muito trabalho por fazer. Junto com outros vaquejandos, teria de levar uma boiama para a fazendola do primogênito do coronel, homem feito, incompetente e bonachão, consorciado com a filha legítima de um mandão local, já senil, que aos poucos dilapidava a fortuna do pai. Os tropeiros seguiriam tranquilos e em pouco tempo estariam lá. No outro dia, retornariam para a fazenda de Borges.

E o gado saía de roldão, dos cercados ou malhadas, esparramando-se na caatinga. Surrupeia, vinha de trave de relho. Eram zainos, ensabanados e jaboneiros; cárdenos e velhos salineiros; sardos, berrendos, salpicados e capirotes. Também estavam lá caretas, luzeiros e olhinegros. Albardados não faltavam. Nem os churriados e girões. Em todos, zarcilhos. Sertão mágico!

No caminho, Baraúna viu ao longe a silhueta de um rapaz, quase imperceptível na distância: um pingo minúsculo no fundo do horizonte. A seu lado, um cachorro magro que latia, latia, um sinete balançando no pescoço, o ruído desaparecendo na amplidão. Percebeu que o jovem, perto de um cercado, acenava-lhe na larga distância. E Baraúna sentiu-se bem pela primeira vez em muito tempo. Isso porque alguém, sem conhecê-lo, mandava um aceno fraterno; devolveu-lhe o gesto. Jornadeava sobre o chão quente, desnudo e empedernido, sem agitações. Nunca fora cabeça de campo, tapejara no comboio; não havia problema: fazia seu trabalho sem discutir.

O que não sabia Baraúna é que, naquele mesmo momento, os quatro bandidos de farda, que dias antes o haviam segurado na festa da fazenda Alvorada, chegavam desavisados em sua casa, procurando seu pai. Iam se vingar do vaqueiro atingindo seu velho, que cuidava da miúça.

Os gafonhas surgiram fazendo barulho, querendo assustar. O mucufo notou que aquilo não ia bem, não havia gente amistosa ali. Quase tropeçou nos currulepes desgastados, tão nervoso ficou. Trocava as pernas. Contérrito no primeiro momento, logo se aprumou. Pegou o bacamarte boca-de-sino, dos mais antigos, há muito não usado, e entulhou-o de pregos, troços de chifre de boi e contas de rosário. Encostados na parede de barro, um clavinote imprestável e ainda um pica-pau, para caçar inhambu, só para o caso de necessidade. Nas prateleiras, algumas garrafas de zuninga, amiga de sempre: não era de ferro.

Apontou para os carangos, que já vinham engatilhados. Atiraria até no febrônio, se fosse preciso; na sua choça, ninguém entraria. Os olhos se comprimiram, contração forçada dos músculos tensos, o peito raquítico, as mãos de pele grossa empunhando com firmeza a arma de cano longo. Lançou a chispa de fogo, esvoaçando, na sequência, um punhado de chumbo graúdo... e outras coisas também. Tudo isso sem largar o cigarro, firme entre os lábios ressequidos. Os macacos insultaram, detonações e balas riscando o ar, o homem devolvendo as gentilezas com nomes obscenos e mais tiros.

"Entonce vosmecê quer brigá, seu veio desgracento! Pois vai levá o que merece."

Os atacantes porfiosos intensificavam a fuzilaria. Cercavam a cardanha, um ou outro rastejando no matagal, a força cada vez mais próxima das janelas, o comandante, precavido, protegendo-se atrás de uma árvore, querendo entrar pela porta da frente depois que os comparsas completassem o trabalho. Um dos pangaraves, o mais champrudo e pachorrento, vanguejou, baqueado por uma pequena perfuração no braço direito. Ferimento leve, de raspão decerto... mas doía. Ah, se doía... O nédio deslizava os dedos em cima do buraco de bala. E o sangue se espalhava no uniforme do pocho desprezível. Galucho. Já seus companheiros, aforçurados e lestreiros, não se deixaram impressionar, e espingardeavam sem parar um minuto sequer. Cabras e bodes tentavam correr, moviam-se de um lado para o outro, não sabendo para onde ir. Um caracará já voava por perto, atento ao possível desfecho do combate. E a cáfila se aproximava cada vez mais, as investiduras continuando, continuando, continuando...

O tenente, encachiado e farfalheiro, enquanto isso, ria, a arcada superior avançada, incrustações de prata na órbita dentária; bigode negro que dava voltas nas pontas, pele morena, lábios leporinos e nariz adunco no meio da facha. Conseguiria sua vingança. Só porque Baraúna tivera o disparate de meter o chicote em cima de um de seus recrutas. E também o peitara com punhal. Isso não podia ficar assim, não senhor. Agora ele ia ver o que era bom para a tosse.

O combate permanecia feroz, até que a munição do anciano acabou. A súcia toste aproveitou a oportunidade e entrou como um furrasco na casa, arregaçando com os ombros a frágil porta de madeira. O idoso foi logo segurado pelos braços, enquanto o oficial desbriado lhe acertava uma violenta bofetada na cara.

"*Veio safado. Vosmecê vai sofrê menos do que merece. Eu podia lhe sangrar aqui mesmo, mas por causa da sua corage, vai só levá bala.*"

O pai de Baraúna o olhou altivo:

"*Pois que assim seja. Faça como quiser. Pra vosmecê não me curvo. Mas pode guardar minhas palavras. Meu fio despois vai lhe pegar, seu cabra safado. Seu dia vai chegá logo. Meu menino não vai deixar isso impune. E o sinhô vai levá o que merece, pode ficar certo disso.*"

A réplica veio na hora:

"*Calado, fio de uma égua. Já falou mais do que devia.*"

E então lhe acertou uma bala no alto da testa. Quebraram tudo que viram pela frente e foram embora, num galope rápido, tal qual um tornado ou um tufão, levantando poeira, bravateando esbaforidos por aqueles sendeiros perdidos. Pedras e pedregulhos, expulsos das trilhas pelos cascos duros dos equinos.

Baraúna andava distante, tocando boiada, sem saber do ocorrido. Dois dias mais tarde, quando voltou para casa, a surpresa. Entrou lentamente na cabana, os passos pesados como se tivesse rochas presas aos pés. Olhou o pai estirado no chão, sem um movimento sequer; o crânio esmechado, perfuração evidente no bregma; olhos revirados, estáticos; odor de carniça no ar, forte almíscar: putrefação. Um braço estirado para a frente, o outro rente ao corpo, a cabeça pendendo para o lado, apoiada no ombro: grande poça de sangue ressequido margeando o cadáver. A calça remendada e os chinelos surrados estavam lá, assim como a camisa de algodão de sempre. Moscas voejavam aqui e ali, zuniam, batiam as asas transparentes em movimentos rapidíssimos, iam e vinham em evoluções desconexas. Meruanhas. O plasma endurecido; hircos, do lado de fora, berrando, alguns presos por cordas, outros passeando livremente em frente da varanda. E

ele, Baraúna, olhando aquela cena, sem nada falar. Plinc, plinc...
Gotas de suor pingavam de seus cabelos. Plinc, plinc... Os fios
cacheados, emaranhados, empapados. Plinc, plinc... A transpira-
ção respingando no chão de barro batido. O biango paupérrimo
de taipa, pindoba e telhado de palha, todo destruído. Cadeiras
com pernas quebradas, a mesa virada, garrafas de girgolina em
pedaços. Marcas de pegadas da récova em todos os cantos. Bura-
cos de balas nas paredes. E a litogravura com a efígie do Impera-
dor, rasgada. Sim, seu pai acreditava que aquele era um homem
santo. Afinal de contas, se tinha aquelas barbas brancas, tão
longas, e era o monarca de todas as gentes, devia ter recebido o
toque divino! O marduque havia sido destituído, mandado para
o outro lado do oceano. Algum dia voltaria... Mal sabia ele que
sua majestade já não andava mais entre os viventes...

Baraúna não chegava a crer que o barbudo coroado da capitá
era home abençoado, mas respeitava as crenças do pai. Afinal,
era um sertanejo sensato. Só acreditava nos santos de verdade!
Como o seu são José, que parecia tê-lo abandonado. Queria gri-
tar aos céus, mas desconfiava que os céus tivessem ficado surdos.
Aquela era a maior seca que já vira. Trabalho duro, poucos tos-
tões no bolso, as cabras esqueléticas, o gado de Borges comendo
mais do que ele próprio, sofrimento, malbarato, repulsa e agora
o assassinato de seu pai. De que adiantava rezar? De que adian-
tava pedir ajuda aos santos, se o que ele via era só desgraça? Não
podia confiar em ninguém, nem no patrão, nem na puliça, nem
mesmo na sua Cicica. Será que ainda estava encantada por ele?
E será que sorriria de felicidade só de vê-lo chegando a cavalo,
perto de sua casa?

Colocava a mão na testa, limpando o rosto salinizado. Movia-
-se em lentidão absurda, os cabroilos nervosos balindo, batendo
os cascos, o envoltório córneo, protetor das falanges, a arranhar o

chão, fazendo barulho; as patas, depois, a dar coices no ar, os chifres desgastados tentando atingir rivais imaginários, os rabos se movendo constantemente; mas ele não ouvia um som sequer.

Baraúna se ajoelhou: a genuflexão fez ranger as dobras retesas da rótula do joelho; as panturrilhas, estriadas. Rilhava os dentes ao ver tudo ali empastado de sangue escuro. O cheiro agridoce do plasma misturava-se ao odor da girumba, espalhada no piso. Malditos desmancha-sambas, fecha-bodegas dos infernos! Iam pagar por isso!

Aquilo devia ser obra do Punaré. Mas não, pensou melhor. Apesar de metido a capuava, o garoto era um frouxo. Tudo ali só podia ser coisa do tenente e seus milicianos. Isso sim. Já ouvira histórias sobre o famanaz, aquilo tinha a sua cara, a sua marca. Culpa daquele trabuzana miserável! Uma tragédia puxaria a outra. Já havia se quizilado com a pandilha fardada antes. Agora, a desforra. A saliva engrossava na boca; a garganta, ressequida. Sabia o que ia fazer.

Caminhou lentamente para fora da casa, colocou as mãos na cintura, olhou para o terreiro. Desamarrou as cabras e os bodes, abriu a portinhola do cercado onde outros estavam e correu atrás deles, gritando.

"Vão embora daqui!"

Deu dois tiros para cima.

"Sumam daqui, seus barbichentos dos infernos! E num vortem nunca mais!"

Os quadrúpedes de cavanhaque partiram, carreirando no meio dos bredos. Baraúna então pegou uma pá e ali perto cavou, com dificuldade, uma cova não muito profunda, naquela caatinga esbraseada. Arbúsculos nas proximidades, mandacarus espinhentos. O vaqueano daria sepultura ao velho. Respirava com dificulda-

de o bochorno sufocante do sertão, a falta de ar chegando junto com a tristeza pela perda do pai. A lâmina da pá rasgava o solo, o buraco ganhava dimensão. Sua sombra, esticada, comprida e disforme. Preparava o último refúgio do progenitor. Não era em campo santo, mas seria agora. Seu pai não teria discurso de padre tampouco oração de beato. Nem os animais estariam por perto para presenciar sua partida. Só Baraúna, seu filho único e amado.

Retornou à choça, pegou com cuidado o cadáver no colo e carregou-o até a cova. Ali depositou o corpo. E então, vagarosamente, foi cobrindo-o com terra. Terminado o trabalho, quebrou dois pedaços de madeira carcomida da caiçara do curralejo com o facão e fez uma cruz singela. O rosto de Baraúna, carrancudo, transtornado. Tremia. Foi só nesse momento que começou a chorar: pranto desesperado. Lágrimas corriam sem parar...

Depois disso, preparou o bronte com todos os petrechos para partir: uma esteira de palha de carnaúba enrolada, seu leito dali para a frente; cartucheira decorada, amarrada na sela; bruacas. Equipamentos rústicos. Ainda teve tempo de atear fogo na casa. Seu querido lar em chamas! O quetral arrasando com tudo. Fumaceiro cinza, escuro, subindo aos céus. Lá não voltaria mais. Nunca mais. Começaria a partir daí seu vagamundear incessante: não haveria retorno...

Foi direto para o vilarejo. Entrou na capela desbotada, as paredes descascando a olhos vistos; pediu a benção do vigário, que não discutiu: aquilo era ordem. Fez o sinal da cruz, ainda agachado, colocou de volta o chapéu castanho e saiu; ruas vazias. Em seguida, dirigiu-se para a única girianta do povoado. Lá entrando, viu quem esperava encontrar: o tenente e seus comparsas fardados. Sabia que sempre iam lá pelas histórias que ouvia de outros cavalarianos. Ia dar com eles ali, uma hora ou outra.

O oficial foi o primeiro a perceber a presença de Baraúna. Tentou movimento, o sertanejo foi mais rápido: que ninguém se levantasse. Os quatro garranos, sentados em volta da mesa de madeira, a escorropichar girgolina envelhecida, ficaram em seu lugar, enquanto o dono do bar e outro cliente, saranda cataplético, também petrificados, afônicos. Baraúna agora tinha aspecto assustador: semblante endemoniado, o sombreiro desalinhado na cabeça, facão no cinto e arma na mão. Tentaram um "deixa disso", mas de nada adiantou. Homens antes selvagens e agressivos, agora pixunas domesticados, com olhinhos de criança matreira sabedora da culpa. Sem dar tempo a qualquer reação, o jovem gerigoto descarregou os caroços de chumbo nos três macacos sem pena: pontaria certeira. Os corpos tombaram, um "ui" e um "ai" foram ouvidos, sussurros, peitos arfantes, tentativas de respirar. Os berros de grosso calibre quietos nos coldres. Cinturões ainda afivelados, a tropilha estirada, sangue esparramado no chão.

Depois pegou a cuchila. O tenente fardola, barba por fazer, levantou-se, a cadeira jogada para o lado, as mãos tremendo, tentando esgrimir. Balbuciou algo incompreensível, palavras entrecortadas. Pedia clemência. Baraúna andou devagar, pisando os torsos e as cabeças da soldadesca. Pegou o líder dos quadrilheiros pelo pescoço, a mão apertando a garganta, as unhas negras de sujeira encravadas na carótida, o corpo do miliciano sacripanta pressionado com violência na parede. Olhos abertos, saltando de medo.

Baraúna cortou a goela do homem sem piedade! O sangue esguichava em profusão da traqueia tracejada. Em geral, acostumara-se a sangrar novilhos, estocada certeira na fossa clavicular. Podia ter feito o mesmo. Mas, dessa vez, o instinto lhe arrebatou: veria a fauce repelente dilacerada.

Limpou as mãos espalmadas na roupa, olhou para o dono da baiuca e o outro cliente apavorados, em pé, no mesmo lugar, deu um urro de fera, pegou a melhor arma de todas (a do tenente), uma cópia de munição e correu para o seu cavalo. Montou no animal e partiu do vilarejo como um raio. Já sabia onde poderia se esconder: a grota de Simão, o feiticeiro.

Escurecia. Baraúna adentrava o mato, fugindo de uma possível perseguição. Percebia as silhuetas das touceiras de coroa-de-frade e dos magros facheiros. Só então, quando a adrenalina voltara a seus níveis normais, é que se deu conta das atrocidades que cometera. A imagem dos homens sendo trucidados causou-lhe arrepios. Era como se tivesse sido possuído, como se aquele assassino de alguns minutos antes fosse outra pessoa. Nunca imaginara que pudesse cometer atos tão sanguinários. Mas não se arrependia. O que estava feito, feito estava.

Arfava profundamente, o ar repleto de partículas de poeira seca: dificuldade para respirar, medo e cansaço. A súplica a são José de nada adiantara. E se o santo não ouvia as preces, isso era sinal de que não choveria naquele ano no sertão. Tudo explicado, então. Aquela era uma terra de maldades. Deus devia estar castigando todo o povo por isso. Baraúna sentia falta do zunir agudo das cigarras, sinal de que chuva viria logo. Nem um relâmpago sequer no céu. Dessa vez, só revoada de aves de ribaçã. E um bando de estinfálidas passando sobre sua cabeça, lá no alto. Imaginava dias duros pela frente...

Em cima da montaria, agora em marcha vagarosa, podia ver centenas de pirilampos brilhando. Já começava a se acalmar. Puxava o arreio com delicadeza. E o raio da lunha espalhando claridade na senda silenciosa. Até uma nuvem gigantesca, algodão espiralado e lento, entrar na sua frente e tudo voltar a ser breu. Ainda assim, nesse momento não se importaria nem de topar com o capiroto; o fanhoso, tesconjuro. Farronca, trasgo do além: visonha! Entrara no mundéu do destino. Já não se importava mais com nada mesmo. A fome crescia, o estômago começava a roncar. Comeria até um calango vivo, se fosse preciso. No covil de Simão resolveria o que fazer.

Escuridão, a lua perdida entre a nuvarada; apesar disso, encontrou a vereda irregular no meio da caatinga que o levaria para a furna do velho mago. Cavalgou sem pressa, rente aos garranchos da mataria. E, então, pôde ver a ravina iluminada por uma tocha e o mameluco de costas curvadas, arrastando os pés, com um facão na mão. Aproximou-se do homem. Não trocaram palavra; o ancião sabia que com Baraúna não podia vacilar: temia-o só de olhá-lo. O sangue endurecido, sujando toda a vestimenta, também não convidava a discussões.

"Pode entrar, meu fio. Posso ver que vosmecê está precisando de abrigo para a noite e um pouco de comida. Esteje em casa."

O sertanejo agradeceu com um leve movimento de cabeça, desmontou e adentrou o recinto.

"Mas vai lhe custar esse punhá aí na sua cintura."

Baraúna olhou o "índio" centenário de modo assustador.

"O veio tá brincando, meu fio. Eu num vou querer nada, não. Já ganhei esse facão aqui de um menino, ontem mesmo. É de muita serventia. Num preciso de outro. Vosmecê fique à vontade. É meu convidado."

O vaqueiro esmarrido relaxou. Tirou o chapéu, sentou-se num banquinho de madeira, passou os dedos entre o cabelo encaracolado. Acendeu um cigarrinho de palha com o papa-fogo que trazia no bolso, deu uma longa tragada. E então olhou a sua volta: um lugar tenebroso. Queria sair daquela pocilga assim que a manhã chegasse. Não confiava naquele velho escanzelado.

Tudo ali era estranho. Nas paredes, peles de cobra, venábulos e virgas; numa mesa comprida, gaiolas cheias de caçotes asque-

70 Cansaço, a longa estação

rosos e cestos repletos de frutas de um zacum: cabeças de dialhos. Sombras que dançavam com o movimento das chamas das tochas. Iluminação amarelada, barulhos de insetos do lado de fora, eco no interior. Simão, usando um colar de dentes de onça em volta do pescoço, esticou o braço com um coité cheio até a boca e ofereceu uma poção de muito valor. Baraúna ficaria caborjudo, protegido de todos os inimigos. Isso ele assegurava. Era só tomar o preparado que o galdripeiro faria o resto: discursos fósmeos, mendracas, vasquejadas e música de botori. Mas o vaqueiro diaforético não acreditava.

Simão garantia que havia curado um grupo de viandantes outro dia mesmo. Mas Baraúna sabia que era tudo mentira. Ouvira uma prosa recente que não era nada animadora. Gumercindo Zagreu, guia de boiada, sujeito ruim que só ele, encarregado de ordens de Borges vez ou outra (dependendo dos humores do patrão), passara por ali havia pouco, sentindo dores nas juntas e cansaço da viagem. Bebeu um elixir de Simão e ficou muito doente. Quando chegou à fazenda do coronel, o folacho mal conseguia ficar de pé. Foi mandado às pressas para ser tratado pelo seu Melampo, um "doutô" lá do vilarejo; ninguém mais soube dele. Andavam comentando que haviam levado umas benzedeiras para lá também. Eufrásio Tirmo, vaqueiro gigante conhecido na região, é quem contara a história. Tudo verdade mesmo. Esse mameluco leptoprosopo e sanhudo não era de confiança: mangorreava.

Baraúna só queria partir dali quando o dia clareasse. Agora mais calmo, decidira que no primeiro raio de sol iria correndo, em galope desabalado, para a casa de Cicica e roubaria a menina da família. Já não tinha mais nada a perder mesmo. Achava que ela o amava; mas, depois de tudo que havia acontecido, já não tinha mais nenhuma certeza. Ia fazer o que seu coração lhe mandava. Simão ainda insistiu com a poção:

"É feita com o rabo e as oreias de um cachorro do mato que eu esganei hoje memo. Só assim funciona. Estrangulei o bichinho lá no meio da caatinga, cortei as partes e depois pendurei o corpo num gaio. Essa poção é muitcho poderosa memo, meu fio. Pode acreditá no que lhe digo."

Baraúna sentiu asco. Disse que não queria. Só precisava comer algo e descansar. Simão, resignado, ofereceu então a vitualha: tripas de um bode, farinha, queijo de cabra e um pouco de feijão aguado. Também colocou na frente do marraxo foragido tascos de maniveira, uma porção de chanfana e o resto de um gruim já destrinchado, que comera no outro dia. Até mesmo a vevuia foi servida. Baraúna meteu a mão na comida engrolada e mastigou tudo vorazmente, como se fosse um banquete: empachou a barriga de uma tirada só. Para beber, apenas água. Depois limpou a boca com a manga do casaco de couro. Queria sair daquele zeríntio o mais rápido possível. Mas precisava dormir um pouco para recobrar as energias. O feiticeiro ofereceu uma rede, e Baraúna, lacônico, aceitou. Estava exausto.

Pela manhã, o rapaz se levantou de um pulo, agradeceu de forma seca o anfitrião (que continuava olhando obsessivamente o facão), montou em seu cavalo e foi como um relâmpago para a casa da menina. Corria, desviava-se do mato, de vez em quando se arranhava, o sangue deslizando só um pouquinho dos ferimentos leves, mas nada mais importava. Então os garranchos terminavam e ele seguia por grandes espaços abertos, desertos. Galopava desesperadamente: só tinha Cicica na cabeça. Pensava na jovem o tempo todo; ela seria sua salvação.

Ao longe viu a casinha pobre da moça. A carreira aumentou. Ao entrar no terreno, o pai se assustou, não tinha arma e não saberia o que fazer se tivesse uma. A mãe levou a jovem na mesma hora para dentro, achando que de alguma forma no interior da choça estariam protegidas. Mas a menina queria ver o fugitivo e, desvencilhando-se da senhora, colocou a cabeça para fora da janela. Baraúna foi logo falando:

"Estou aqui para buscar Cicica, seja por bem, seja por mal. Peça para ela se aprontar."

O compadre Manuel não sabia o que dizer.

"Ela ainda é muito nova, meu sinhô. Deixa ela aqui."

O vaqueiro não queria contrariar nem magoar o velho, mas estava decidido:

"Se ela num vier, eu pego do mesmo jeito."

O ancião parecia perdido. Até perceber Cicica no alpendre, com uma trouxa de roupas na mão, do lado de fora da cabana:

"Eu vou com ele, papá. Amo João e com ele vou ficar."

E Manuel, sem saber como reagir:

"Mas, minha fia!"

Ela só olhou para ele e insistiu:

"Vou de livre vontade, papá. Estou cansada dessa vida aqui. Quero aventura. Gosto de João e é com ele que vou viver por este mundo afora."

O pai aceitou, resignado. Baraúna completou:

"Eu vou cuidá bem dela. Podem confiar em mim."

Colocou a jovem na garupa e partiu para o meio do sertão. Quando pudesse, pediria a bênção do padre Zígio, isso era certo. Carregava consigo uma hóstia consagrada, que roubara do altar da igreja do vilarejo e compartilharia em breve com sua futura mulher. Esposaria Cicica no interior da caatinga, tendo só as árvores retorcidas e os bichos selvagens como suas testemunhas. Baraúna agora começava a cumprir seu destino; mas seu destino não lhe seria imposto. Seu caminho ele mesmo decidiria.

Glossário

Abencerragem: relativo à linha moura dos Abencerragens, poderoso clã do califado que dominou Granada no século XV e que se tornou famoso por sua rivalidade com os Zegris; no Nordeste brasileiro, o termo é popularmente usado como sinônimo de pessoa poderosa, opulenta; chefe de clã; coronel.

Acuador: referência ao cavalo que se recusa a sair do lugar ou aquele especializado na perseguição de reses extraviadas.

Adejar: mover as asas para manter-se no ar durante o voo; voar; pairar; dirigir-se voando para algum lugar.

Adua: pastagem comum de rebanhos de gado pertencente a diferentes donos; também é referência a qualquer rebanho de gado.

Aforçurado: que tem pressa; esbaforido.

Aframado: inflamado; queimado; abrasado.

Afuleimação: exaltação de ânimos; desentendimento; discussão calorosa.

Agitofásico: aquele que apresenta agitofasia, distúrbio psicomotor que leva o indivíduo a falar por meio de uma emissão de impulsos precipitados e descontínuos.

Agrume: aquilo que é agre; acre; ácido; amargo.

Airoso: aquele que tem bom aspecto; bem apresentável.

Aislado: isolado; ilhado; insulado.

Albardado: boi ou touro cujo lombo apresenta mancha de coloração diferente do resto do pelo.

Aldrabice: denominação ou ato de ladrão, de aldrabão, de indivíduo trapaceiro, vigarista; patranha; intrujice; trapaça.

74   Cansaço, a longa estação

Alfeire: gado sem crias; curral onde porcos são recolhidos e criados; rebanho de ovelhas, cabras e vacas que não dão crias. Também sinônimo de rebanho.

Aljube: gruta, caverna.

Almalho: novilho, bezerro; vitelo; novilho que ainda não tem um ano.

Almaraia: utensílio semelhante a uma botelha, de vidro ou de prata, com o bojo cheio de orifícios, usado para borrifar; ornamento que apresenta forma de uma garrafa com asas; almarraxa.

Almargio: almargem; pastagem; prado natural; animal que, por doença ou velhice, foi solto ou largado na almargem; que anda ou pasta no prado natural.

Almecegado: da cor de almécega, resina amarela proveniente do lentisco (árvore muito aromática de até 6 m com flores de tom amarelo forte) e usada, especialmente, por suas propriedades medicinais.

Alpercatas: sandália presa aos pés por tiras de couro ou pano.

Amarfanhado: que se amarfanhou; vincado ou com dobras devido a uma compressão; amarrotado; que foi maltratado ou humilhado.

Amojada: que se amojou; cheia de leite; que foi mungida; ordenhada.

Anciano: ancião; velho.

Apostemado: que se apostemou; que produziu ou criou pus em excesso.

Arcaboiço: esqueleto; qualquer estrutura de ossos; ossatura do tórax; arca do peito.

Argamandel: aquele que frauda; trapaceiro.

Árgema: úlcera branca da córnea; mancha sobre o branco do olho.

Armento: rebanho, principalmente de gado vacum; manada de gado de grande porte.

Arrepanhado: que sofreu roubo; pilhado; assaltado; que forma pregas, dobras ou folhos; que cria rugas; engelhado.

Áspora: estéril.

Aspudo: animal que tem grandes chifres.

Áuspice: aquele que faz predições; adivinho.

Avantesma: fantasma; alma de outro mundo; assombração; aparição.

Avernal: relativo ao inferno; infernal. Avernus ou Lago D'Averno, lago perto de Cumas, região da Campânia, a oeste de Nápoles, dentro da cratera de um vulcão extinto, de onde saíam vapores tóxicos; muitos consideravam aquele lugar como a entrada das regiões infernais.

Avitaminose: qualquer enfermidade causada pela falta de vitaminas.

Glossário 75

Bacamarte: antiga arma de fogo de cano largo em forma de campânula.

Bagata: indivíduo que tem relação com o demônio; ação maléfica causada por magos ou feiticeiros; bruxaria; feitiçaria.

Baiuca: boteco onde se vendem bebidas alcoólicas; bodega; taberna.

Bálios: referência a Bálios ou Balius que, na mitologia grega, é um dos cavalos imortais de Aquiles, nascidos de Zéfiro e Podarge.

Báratro: abismo; de grande profundeza; sinônimo de inferno; na mitologia grega, assim era chamado o mítico abismo em Ática, onde eram jogados os cadáveres de criminosos.

Baraúna: árvore da família das leguminosas que chega a atingir até dezessete metros. De nome científico *Melanoxylon brauna*, é nativa do Brasil e tida como uma das mais resistentes madeiras de lei do país. Sua casca castanha, que com o tempo vai ficando negra, é usada no curtume e sua seiva é usada como medicamento e na indústria.

Barbatão: gado que foi criado no mato e tornou-se feroz.

Barbicacho: cordão ou pedaço de pano ou couro com as pontas presas a um chapéu, que, ao passar por baixo do queixo, prende-o à cabeça; barbela.

Bargado: gado matreiro; que não se deixa pegar facilmente.

Barzabu: corruptela de belzebu; o diabo.

Bassoura: termo popular para designar rabo.

Beberagem: qualquer líquido ou bebida de sabor estranho, no geral desagradável; infusão medicinal; preparação caseira elaborada por curandeiro; garrafada.

Beroba: fêmea do cavalo; égua.

Berôncio: indivíduo muito quieto, reservado, desconfiado.

Berrendo: estrangeirismo, do espanhol *berrendo*; pelo do touro branco com grandes manchas de outra cor.

Berro: arma de cano curto; revólver.

Biango: casa humilde ou pequena; casinhola.

Bochinche: divertimento em forma de baile, próprio das classes mais pobres; arrasta-pé.

Bochorno: vento abafado; calor sufocante.

Bodoque: estilingue; atiradeira.

Bogó: bolsa; embornal; recipiente no qual geralmente se carrega água.

Boiote: pequeno boi; boi de quatro anos, castrado há um ano; boi de ano, o mesmo que boi castrado.

Boresca: destilado de cana; cachaça.

76 Cansaço, a longa estação

Bornal: bolsa de pano, couro ou outro material, de alça longa, usada a tiracolo, para carregar alimentos e utensílios; embornal.

Borralha: borralho; cinzas quentes; resíduo; poeira de estrada.

Bosse: patrão, chefe.

Botriado: referência a bótrio (botrião), pequena úlcera, pouco profunda e arredondada, na córnea.

Bralhador: cavalo que marcha a passo de bralha, rápido e suave; meia-marcha.

Bregma: parte superficial do crânio onde estão as suturas sagital e coronal.

Brenhoso: bravo; selvático; pouco social.

Brida: rédea; conjunto de freio.

Bronte: na mitologia grega, um dos quatro cavalos que puxavam o carro do sol.

Bruaca: saco ou mala rústica de couro cru usado para carregar provisões e utensílios sobre animais, preso nas cangalhas ou atravessado na traseira da sela.

Buji: papo-de-peru; arbusto; bugio; capim.

Cabeceira: vaqueiro que vai à frente da boiada, tangendo o gado, depois do guia e antes do esteira.

Cabroilo: pequeno bode.

Caçote: perereca; rã.

Cáfila: bando de indivíduos ordinários e maus; corja; súcia.

Cafumango: indivíduo de baixa condição social e sem importância; malandro; vagabundo.

Caiçara: cerca ou paliçada na qual se utiliza pau a pique e galhos de árvores etc. Usada para proteger o plantio da intrusão de gado.

Calango: lagarto de pequeno porte, principalmente da família dos teiídeos, em geral verde com manchas brancas.

Calçado: cavalos ou bois que têm malhas brancas acima das patas.

Calebão: referência a Caliban, personagem de William Shakespeare na peça *A tempestade*, monstro deformado, de má índole, filho da bruxa Sycorax.

Camiranga: ave também conhecida como urubu-caçador ou urubu-de-cabeça-vermelha, do gênero Cathartes, que difere do urubu-comum não só por ter a cabeça colorida, mas também a cauda arredondada e não truncada.

Candinga: mandioca; macaxeira.

Glossário 77

Canjebrina: boresca; destilado da cana-de-açúcar; cachaça.

Canjerê: ato de feitiçaria; bruxaria; feitiço.

Capiango: aquele que furta ou rouba com habilidade; ladrão astuto; pessoa desonesta.

Capirote: touro cuja cabeça tem uma só cor e o corpo é malhado.

Capiroto: diabo.

Capitá: termo popular, corruptela de capital.

Capoeiro: veado de pequeno porte; veado-mateiro.

Capro: cabrão; bode.

Capuava: valentão; destemido.

Caracará: ave de rapina da família dos falconídeos, *Milvago chimachima*. De acordo com Adolfo von Ihering, "o corpo é quase todo branco (propriamente branco-sujo e nos indivíduos novos muito mesclado de penas escuras); o dorso e as asas são de cor escura, quase preta; a cauda tem algumas faixas transversais e a ponta preta".

Carambó: rês que tem os chifres tortos.

Carancho: ave de rapina da família dos falconídeos, *Polyborus tharus*. Adolfo von Ihering o descreve como um "belo tipo de gavião, de corpo bruno; a parte superior do dorso e o peito mostram linhas transversais, interrompidas; a cabeça é branca com largo chapéu preto; a cauda é branca, com linhas tremidas e ponta larga, também preta". E ainda: "É difícil definir em poucas palavras o modo de vida dessa ave de rapina... Às vezes, é bem um gavião, ávido por boas presas, que sejam galinhas e mesmo cordeirinhos novos, que ataca e vence em luta rápida; outras vezes, contenta-se com restos de carne que encontra, mesmo que seja preciso beliscar ossadas velhas... O carancho prefere as regiões de campo e de pouco mato; seu andar é um tanto solene e quando levanta o topete não lhe falta certa imponência que, no entanto, não condiz com o seu modo de vida de verdadeiro plebeu".

Carango: soldado de polícia.

Carangonço: escorpião.

Carantonha: cara grande e feia; caraça; cara fechada; carranca; careta.

Cardanha: casa térrea e humilde.

Cardenho: casebre pobre.

Cárdeno: estrangeirismo, do espanhol *cárdeno*; touro de pelo mesclado de preto e branco.

Careta: bovino cujo focinho e corpo têm cores diferentes, em geral o rosto é branco e o resto escuro.

Carlos Magno e os doze pares de França: história do imperador Carlos Magno; foi imensamente popular em Portugal e depois trazida ao Brasil, onde se tornou parte do imaginário social do sertão nordestino. A história original, em francês, foi publicada

78 Cansaço, a longa estação

com o título *Conquêtes du Grand Charlemagne*, em 1485, e muito divulgada na Espanha quarenta anos mais tarde. A edição sevilhana mais antiga é de 1525.

Carocho: demônio.

Caruara: bezerro enfezado; raquítico.

Caruncho: nome comum para designar insetos ou suas larvas que perfuram madeira, livros e cereais; carcoma.

Cassaco: nome popular para gambá; termo também usado para designar os operários que trabalham nas ferrovias e rodovias no Nordeste brasileiro.

Casucha: casa pequena; casinhola.

Cataplético: relativo à cataplexia, perda repentina de tono muscular provocada por emoção forte; sono hipnótico; prostração; emoção forte que produz rigidez muscular.

Catasplamado: um pouco enfermo; doente; achacado; sem alegria; abatido.

Caterva: bando de vadios; grande número de desordeiros; súcia.

Cavername: conjunto de ossos; esqueleto; ossada.

Celerado: aquele que comete crimes violentos; facínora; criminoso; de má índole; perverso.

Cerberino: referência a Cérbero, na mitologia grega, cão de três cabeças que guardava a porta do inferno de Hades, filho do gigante Tífon e de Equídina. Acariciava as almas que iam ao inferno e devorava quem tentava sair.

Cerdo: suíno; porco.

Cetrino: aquele que é cor de sangue; vermelho.

Chabouco: tosco; grosseiro.

Champrudo: indivíduo corpanzudo e desajeitado.

Chamurro: novilho castrado de forma errada e que passa a ter, quando adulto, aparência misturada de boi e touro.

Chanfana: prato refogado de miúdos; fritura com bofe de boi; comida malfeita e de aparência ruim; aguardente de má qualidade.

Chavasco: tosco; rude; bronco.

Chavelhudo: que tem chavelhos, chifres; o diabo.

Chibante: altivo; soberbo.

Chico Marsias: referência a Mársias, na mitologia grega, frígio que competiu com Apolo em um certame musical, sendo vencido por ele e ficando à sua mercê. Foi atado a uma árvore e esfolado vivo. De seu sangue teria surgido um rio de mesmo nome.

Glossário 79

Chiqueirador: chicote torcido feito de couro cru, com cabo de madeira na ponta, usado em geral para tocar bois.

Chorumenta: gorda.

Chufa: pilhéria; troça; chalaça; dito malicioso, mordaz; zombaria.

Chunga: estrangeirismo, do espanhol *chunga*, ironia para chamar o bicho bronco e reservado que se defende como pode; para alguns dicionários, reles e de mau aspecto.

Chungaria: coisa ordinária, sem qualidade.

Churriado: gado bovino de cor avermelhada ou escura com listras brancas.

Cincerro: sineta que pende do pescoço de animais e que pode servir para juntar ou conduzir rebanho.

Cinchador: aquele que mantém o animal no laço.

Cirigado: gado pintado ou marcado com pequenos pontos.

Clavinote: pequena clavina; carabina.

Coité: cuieira; cuia; cumbuca.

Coiteragem: termo popular, aquele que dá coito, que dá abrigo e proteção a homens perseguidos, em geral bandidos.

Coivara: porção de ramagens em que se põe fogo para limpar terreno e adubá-lo com as cinzas; fogueira.

Colomi: curumim; também sinônimo de empregado.

Confragoso: áspero; rústico.

Conróbia: grupo de pessoas suspeitas; súcia; malta.

Contérrito: em estado atônito; aterrado; espantado; pasmado; aterrorizado.

Cornibisco: estrangeirismo, do espanhol *cornibizco*, com um corno, um chifre, mais alto que o outro.

Corniveleto: estrangeirismo, do espanhol *corniveleto*, com os chifres retos, altos e iguais desde o nascimento.

Costaneira: vaqueiro que segue ao lado da boiada.

Cramulhano: diabo.

Crauçanga: traçanga; formiga grande e preta.

Crinito: que tem crina, muitos pelos ou cabelo.

Cruzeta: rifle tipo *Winchester* modelo 1892.

Cuchila: faca; instrumento cortante.

80   Cansaço, a longa estação

Cuchilho: faca de ponta; misto de punhal e navalha.

Cúcio: leitão novo.

Curiango: ave noturna, da família dos caprimulgídeos, de plumagem mole e de voo silencioso. Também conhecida como curiavo ou cariaponga.

Curiatá: designação de várias aves passariformes, frugívoras, da família dos emberezídios, de cauda curta, bico curto e grosso, dorso azul ou verde escuro, com abdômen em geral amarelo. É considerado um excelente cantor quando está em gaiolas. Também chamado de curiantã, gurinhantã, guriatá e gaturamo.

Curiboca: mestiço de branco com índio; caboclo.

Currulepes: termo popular para sandálias de couro ou borracha, sem a alça anterior a prender o calcanhar, uma alternativa barata às alpercatas.

Dealbar: deixar branco ou claro.

Debicar: comer, aos pouquinhos, pequena porção de comida; beliscar; provar.

Deiviril: que guarda ao mesmo tempo a dimensão humana e divina.

Delíquio: perda temporária dos sentidos; desmaio; síncope; estado de fraqueza ou debilidade.

Delusor: aquele que provoca engano; ilusor.

Demoncho: demônio.

Denosto: injúria grave; insulto.

Deodoro: referência a Manuel Deodoro da Fonseca (1827-1892), militar e político alagoano, proclamador da República e primeiro presidente do Brasil.

Desbriado: que ou aquele que não tem honra, dignidade.

Desechado: estrangeirismo, do espanhol *desechar*; desprezar; excluir; menosprezar; renunciar; jogar fora.

Desmodus rufus: vampiro.

Diaforético: quem tem diaforese; sudação; muita transpiração.

Dialho: diabo.

Empachar: encher em demasia; impedir; sobrecarregar; empanturrar-se.

Empedrouçado: pedregoso; pedrento; áspero.

Encachiado: que é vaidoso, presumido.

Engrolado: que é malcozido ou assado; feito com pressa; malfeito.

Glossário 81

Ensabanado: estrangeirismo, do espanhol *ensabanado*, quando o pelo do touro é branco, sem mescla de nenhuma outra cor.

Entresilhado: magro; fraco; esgouvrinhado; de pouca carne.

Enxu de rama: vespeiro.

Érebo: na mitologia grega, região situada abaixo da Terra (ou, mais especificamente, dos Campos Elíseos), a caminho do Hades; é também considerado como o rio do inferno e sinônimo do próprio inferno.

Esbramado: pardo.

Escalrichado: sem sabor, insípido.

Escanzelado: escanifrado; magro como um cão faminto.

Escarafuncho: baile; festa familiar.

Escorropichar: beber com avidez, até a última gota.

Esgrouvinhado: alto e magro, como um grou; que se apresenta com os cabelos desarrumados, desalinhados, não penteado.

Esipra: erisipela; doença infecciosa caracterizada por uma inflamação da pele e causada pela bactéria estreptococo.

Esmarrido: que perdeu a energia, o vigor; desencorajado.

Esmifra: pessoa que não trabalha e procura sobreviver à custa de esmolas; explorador.

Esmuno: na mitologia fenícia, deus da medicina.

Espadaúdo: que tem ombros largos.

Espritado: valentão; intrépido; furioso; raivoso.

Espurco: sujo, cuja falta de limpeza causa nojo.

Esteira: vaqueiro que, ao conduzir o gado, segue logo atrás dos cabeceiras.

Estinfálidas: na mitologia grega, pássaros cobertos de espinhos e escamas, com asas, bico e cabeça de ferro. Lançavam plumas como flechas contra seus inimigos. Comiam carne humana e, quando levantavam voo, escureciam a luz do sol.

Estrigoso: desprovido de carnes; magro.

Estropalho: parte de pano velho; frangalho; trapo cortado; andrajo.

Facha: face; rosto.

Famanaz: valentão.

Fâmulo: criado; empregado doméstico; indivíduo subserviente; caudatário.

82   Cansaço, a longa estação

Faneco: parte de qualquer coisa; fragmento; bocado.

Fanhoso: termo popular, o diabo.

Fardola: aquele que é exibido; pretensioso.

Farfalheiro: que faz sons rápidos e indistintos; ruidoso; barulhento.

Farronca: monstro imaginário que causa medo às crianças; fantasma.

Fauce: área superior da garganta, localizada entre a boca e a faringe, junto à base da língua; garganta; goela.

Febrônio: termo popular, o diabo.

Feduça: maçante; enfadonho; aborrecido.

Ferra: ato ou efeito de marcar o gado com ferro quente.

Ferrabrás: aquele que diz com presunção acerca de seus aspectos pessoais, que alardeia coragem sem necessariamente ser corajoso; bazófio; blasonador; gabola; também sinônimo de valentão.

Férula: autoridade.

Focinegro: touro ou vaca de focinho negro.

Folacho: indivíduo fraco, doente, em estado de apatia; indiferente.

Folastria: felicidade excessiva.

Folgazão: que tem boa índole, que gosta de divertir-se; trocista.

Folguedo do boi: festa do boi popular em todo o Nordeste, mais conhecida como bumba meu boi, mas que tem nomes distintos em diferentes estados, como boi-calemba, bumbá, boi de reis, boi-surubi e dromedário.

Fósmeo: que é sem clareza ou indefinido, incompreensível.

França: chicote.

Frecheiro: homem mulherengo, namorador.

Fulvo: cor amarelo-torrada; alourada; ocre.

Função: reunião social; cerimônia ou festa.

Furdunceiro: relativo a furdunço; festa popular; qualquer festa popular; movimento com barulho; algazarra; desordem.

Furrasco: furacão.

Gafonha: policial.

Galdrana: meretriz; prostituta.

Galdripeiro: indivíduo sujo e esfarrapado.

Glossário 83

Galucho: soldado com pouca experiência; recruta.

Garabulha: perturbação; embrulhada.

Garraio: bezerro de até três anos.

Garrano: cavalo pequeno, mas resistente; indivíduo reles; vil.

Garrote: bezerro de dois a quatro anos.

Garrucha: arma de fogo que se carregava pela boca.

Genuvaro: condição em que os joelhos se colocam para fora, criando uma curvatura das pernas.

Gerigoto: ágil; diligente; vivo; desenvolto.

Giboso: aquele que tem giba; corcunda; corcovado.

Girgolina: destilado de cana; cachaça.

Girianta: taberna.

Girão: estrangeirismo, do espanhol *girón*, quando a rês tem todo o seu corpo de uma mesma cor e possui manchas brancas no fundo, que parecem sair da barriga.

Girumba: aguardente de cana; cachaça.

Gougre: de mau gosto no vestir.

Gravanço: comida; refeição; comezaina.

Graveolente: que tem cheiro forte e desagradável.

Grazinar: conversar muito e em voz alta; tagarelar.

Grimaça: contração ou trejeito nos músculos da face; careta; momice; esgar.

Gruim: porco.

Gruir: correr fazendo barulheira.

Guandira: designação das espécies maiores de morcegos, quirópteros, como *Phyllostoma spectrum* e *Phyllostoma hastatum*, em geral negros ou pardos. A guandira é do tipo *Vampyrus spectrum*. Também conhecida como andira e guandiruçu.

Gumercindo Zagreu: referência a Zagreu, sobrenome de Dionísio infernal, da mitologia grega.

Gunverno: termo popular, corruptela de governo.

Gurmalindo: referência a Gurma, na mitologia celta, cão de aspecto monstruoso, que estará atado à porta de sua cova enquanto durar o mundo, e que se soltará no final dos tempos e matará o deus Tir.

Haríolo: indivíduo que supostamente possui o dom da adivinhação.

Harto: que é forte; vigoroso.

Harúspice: originalmente, sacerdote da Roma antiga que previa o futuro por meio do exame das vísceras das vítimas sacrificadas; adivinho.

Himantopo: pernilongo.

Hinterlândia: do alemão *Hinterland*, certa quantidade de terras no interior; região distante das áreas urbanas.

Hircino: parecido com um bode; com aspecto ou odor de um bode.

Hirco: bode.

Hirto: não maleável; teso; retesado; rígido.

Hosco: gado de pelo avermelhado, sendo o lombo ou a maior parte do corpo escuro, como que queimado.

Ilhós: orifício em geral circular pelo qual se enfiam fitas ou cordões; aros metálicos para enfeitar esse orifício; anilho.

Imperador: referência a Dom Pedro II (1825-1891), neto de Dom João VI, filho de Dom Pedro I, membro da Casa de Bragança, último imperador do Brasil.

Inhambu: nome comum dado às aves tinamiformes, da família dos tinamídeos, dos gêneros *Tinamus* e *Crypturellus*, de corpo robusto, pernas grossas e cauda rudimentar ou inexistente. Também conhecido como inambu, inamu, lambu e nambu.

Intanha: designação comum dada a grandes anfíbios anuros do gênero *Ceratophrys*, com pequenos chifres na cabeça; untanha; sapo.

Inzoneiro: que é palerma, manhoso, emaranhador.

Isabel: referência à Princesa Isabel (1846-1921), filha do imperador Dom Pedro II e da imperatriz Teresa Cristina, última princesa do Império.

Isquialgia: dor na região do quadril; ciática na região da bacia.

Itacuru: cupinzeiro.

Itama: na mitologia hindu, deus da força, representado com corpo de réptil alado, cabeça de leão e chifres de ouro.

Jaboneiro: estrangeirismo, do espanhol *jabonero*, quando o pelo do gado tem a cor branca suja e amarelada, como café com leite.

Javardo: javali.

Jereba: urubu novo ou espécie de cabeça-vermelha.

Glossário   85

Jeribita: destilado de cana; cachaça.

Lacônico: indivíduo que fala pouco; que se expressa com poucas palavras; conciso; breve; sóbrio; sucinto.

Lamarento: termo popular, relativo a lamaçal e lamarão; mentiroso; bisbilhoteiro.

Lambaceiro: aquela que faz lambança; lambaceador.

Lavanca: de acordo com Frederico Pernambucano de Mello, termo usado pelos sertanejos para designar o rifle norte-americano de repetição em sistema *Winchester*.

Laverna: na mitologia romana, divindade do mundo subterrâneo, protetora dos ladrões, os quais encobria.

Lestreiro: que se move com ligeireza; que anda rapidamente; lépido; ágil.

Leteu: relativo a Letes, na mitologia grega, um dos rios do inferno; relativo ao próprio inferno; infernal.

Litogravura: processo de cópia que consiste em imprimir sobre o papel, utilizando-se prensa, um escrito ou desenho, feito com tinta graxenta, sobre uma área calcária ou placa metálica.

Lunarista: leitor e intérprete do *Lunário perpétuo*, livro que teve sua primeira edição em Portugal em 1703. Tinha como título *O non plus ultra do lunário e prognóstico perpétuo*, geral e particular para todos os reinos e províncias, composto por Jerônimo Cortez Valenciano, emendado conforme o expurgatório da Santa Inquisição e traduzido para o português. A edição de 1921 (um período posterior ao desta história), de acordo com Câmara Cascudo, tinha 350 páginas, e incluía astrologia, mitologia, horóscopos, receitas, calendários, biografias de santos e de papas, temas de agricultura, ensinamentos para construir um relógio de sol, formas de aprender a ver as horas pelas estrelas, veterinária, influências dos astros no planeta, receitas, remédios, meteorologia etc. Era considerado o livro mais popular do sertão brasileiro. Os lunaristas eram figuras quase que imprescindíveis naqueles ermos, vistos como homens "iluminados", que guardavam o *Lunário* como se fosse um livro sagrado, dando "consultas" ao povo da região.

Lunha: termo popular, corruptela de lua.

Lupereia: na mitologia romana, é a deusa protetora dos rebanhos.

Luva de vaqueiro: luva que protege o dorso das mãos, mas que deixa os dedos livres.

Luzeiro: cavalo ou boi que possui na testa mancha branca e grande, em forma evocativa de estrela.

Macaco: soldado de polícia.

Macamba: mandioca.

Macambúzio: que, por características próprias ou por acaso, se mostra cabisbaixo, taciturno, em silêncio; tristonho.

Machorra: fêmea que não pode procriar; estéril.

Machucho: de grandes proporções; corpulento.

Maleita: malária.

Maloca: magote de gado que, nas vaquejadas, os vaqueiros juntam e conduzem para os currais.

Mancornar: refrear o touro com as mãos, segurando-o pelos chifres e levando-o ao chão.

Mandrião: preguiçoso; indolente; mandrana.

Mangalaço: desocupado; preguiçoso; vagabundo; vadio.

Mangorrear: mentir; iludir com promessas inverídicas; enganar.

Maniveira: mandioca.

Manquitó: manco; coxo.

Manulixa: termo popular para designar o fuzil *Mannlicher*, em sistema de ferrolho, modelo de 1888.

Maracajá: gato-do-mato ou jaguatirica.

Marduque: referência a Marduk, na mitologia mesopotâmica, deus da Babilônia, protetor da justiça, da ordem e do bom governo.

Maromba: rebanho de bois.

Marraco: alvião; enxadão.

Marraxo: que tem sagacidade, astúcia; difícil de enganar.

Marroque: pão dormido, duro.

Marruá: touro feroz, violento.

Marrucho: marrão ou porco pequeno.

Mazorreiro: tosco; rude; grosseiro; reles.

Melampo: referência a Melampo ou Melampus, na mitologia grega, adivinho, filho de Amitáon e Idomeneia, o primeiro a receber poderes de profecia e a praticar medicina, a conhecer a arte de curar por remédios secretos e purificações.

Mendraca: intervenção ou trabalho de bruxo; bruxaria; feitiçaria; mandinga.

Meruanha: mosca, beruanha; mosca que produz bicheira.

Miúça: no sertão nordestino, gado caprino e ovino.

Glossário 87

Mocambeiro: aquele que se refugia ou foge para o mato.

Mocó: roedor da família dos caviídeos (*Kerodon rupestris*), encontrado em áreas pedregosas do leste do Brasil, cauda ausente ou vestigial, e pelagem cinzenta.

Molambento: em trapos; rasgado; sujo.

Morganho: em Portugal, mamífero insetívoro da família dos sorrecídeos, chamado de "rato-musgo" e "musaranho". Em algumas partes do Brasil, vulgarizou-se chamar assim os animais da família dos camundongos *Mus musculus*.

Mucufo: caipira.

Mundele: pessoa branca; homem branco.

Mundéu: queixada; guati; javali.

Mundiça: muitas pessoas das camadas mais pobres da população; plebe.

Mutreita: excesso de gordura dos bois.

Nambiju: gado bovino cujo pelo é baio e as orelhas são amarelas.

Nambu: ave da família dos tinamídeos, gênero *Crypturus*. Também conhecida pelo nome de inambu ou inhambu.

Neerlando: em geral usado como antepositivo, relativo a *Nederland* (Países Baixos ou Holanda); aqui é usado para descrever um indivíduo não necessariamente de origem neerlandesa, mas aquele com algumas características específicas, como pele, cabelos e olhos mais claros que a maioria da população local, e que poderia se assemelhar ou ter parentesco remoto com holandeses, considerando sua presença no Brasil colonial.

Nução: ato de aprovação; aquiescência; anuência.

Ocisão: ação de matar; homicídio.

Olhinegro: boi cujos olhos são pretos; olhipreto.

Otoridade: termo popular, corruptela de autoridade.

Outeiro: leve elevação de terreno; colina; monte.

Pachorrento: tranquilo; vagaroso.

Paliçada: cerca de varas apontadas e fincadas na terra.

Palrador: falador; tagarela.

Pandilha: bando de malfazejos.

88   Cansaço, a longa estação

Pandoro: feiticeiro.

Pangarave: que merece desprezo; vil; canalha.

Papa-fogo: isqueiro tosco.

Papo-amarelo: tipo de lavanca, rifle de repetição tipo *Winchester*, modelo 1873.

Parnaíba: lambedeira; faca de ponta comprida e estreita.

Passarinheiro: montaria propensa a passarinhar, a se assustar ou mexer a cabeça, dificultando a colocação de freio e buçal.

Patusco: que gosta de brincar e de divertir os outros; gracejador; que é dado a extravagâncias, a excentricidades; ridículo.

Peçonha: líquido venenoso expelido por alguns animais.

Peia-boi: corda que se prende entre um dos chifres e uma das patas dianteiras de boi; sinônimo de chicote.

Pelharengo: muito magro; escanzelado.

Peltada: similar à pelta, escudo coberto de couro.

Perro: cachorro; cão.

Petreco: indivíduo sem profissão.

Pica-pau: espingarda de pequeno alcance que é carregada pela boca.

Pigro: indolente; preguiçoso; ocioso; vagaroso.

Piloso: que tem muitos pelos.

Piloura: perda rápida de consciência; desmaio; crise de loucura.

Pixelingue: aquele que furta ou rouba; ladrão; pichelingue; larápio.

Pixuna: pequeno roedor da família dos murídeos, *Bolomys lasiurus*.

Plaino: planície, plano.

Pocho: muito gordo; adiposo; balofo.

Podrida: termo popular, podre.

Porfioso: teimoso; turrão; persistente; incessante; contínuo.

Povaréu: o estrato mais baixo da sociedade; plebe.

Poviléu: estrato mais baixo da sociedade; povaréu.

Procusto: forma popular de procustiano; relativo a Polipenion Procusto ou Procrustes (Damastes), na mitologia grega, famoso ladrão de Ática e bandido torturador, que perdeu a vida nas mãos de Teseu; criminoso; bandido.

Prognata: que tem o maxilar inferior saliente.

Glossário 89

Proteróglifo: serpente que tem presas fixas e sulcadas na porção anterior da maxila.

Provinco: o diabo.

Puliça: forma popular, polícia.

Punaré: mamífero roedor de pequeno porte, cauda longa e pelagem macia, de cor marrom no dorso e cinza ou branca na região inferior do corpo. De hábitos terrestres e semiarbícolas, seu nome científico é *Thrichomys apereoides* e é também conhecido como rato-boiadeiro.

Punilha: cupim.

Pústula: pequeno tumor na pele com supuração.

Quem-quem: nome popular do *Cyanocorax cyanopogon*, a gralha, caracterizada por cor azul escura. Usada em algumas regiões como ave doméstica para caçar baratas e aranhas.

Quetral: na mitologia araucana, o fogo que castigava os culpados.

Rabisaco: estrangeirismo, do espanhol *rabisaco*, sinal na orelha da rês, feita com o corte da parte exterior; forma de assinalar gado.

Rapadela: rapadura.

Raspipardo: estrangeirismo, do espanhol *raspipardo*, o touro de pelo negro e pardo.

Reboleiro: boi que anda em volta das casas; boi arisco, desconfiado.

Recoveiro: aquele que leva mercadorias em tropa de bestas.

Relho: açoite ou tira de couro cru; chicote.

Rengo: aquele que coxeia; manco.

Repucra: termo popular, corruptela de República. Referência à Proclamação da República em 1889.

Rofo: com muitas dobras; enrugado; engelhado.

Rufo: cor de sangue; ruivo; vermelho.

Sacripanta: aquele que é traiçoeiro, vil, indigno.

Salineiro: estrangeirismo, do espanhol *salinero*, o touro que tem uma mescla de pelos brancos e vermelhos.

Salpicado: touro que apresenta manchas brancas no corpo.

Salução: termo popular, corruptela de solução.

Sanhudo: que incute medo; temível.

90 Cansaço, a longa estação

Sânie: líquido de forte odor desagradável, esverdeado e seropurulento que sai de uma úlcera, ferida ou fístula; icor; pus; líquido viscoso.

Saramátulo: cada um dos chifres ainda macios do veado.

Saranda: aquele que não faz coisa alguma; vadio; vagabundo.

Sardo: o touro que apresenta uma mescla de pelos brancos, vermelhos e negros.

Sargente: empregado auxiliar; criado; servente.

Saruê: gambá.

Senceno: bruma.

Simão: referência a Simão Mago, de acordo com Geza Vermes "um famoso mágico profissional entre os samaritanos nos primeiros anos do cristianismo. Era chamado de o grande poder divino e foi muito influente na Samaria até a chegada de Filipe, o Diácono, que converteu os samaritanos ao Evangelho de Jesus sobre o Reino de Deus. O próprio Simão teria acreditado e sido batizado. Sua conversão foi superficial, pois, quando os apóstolos Pedro e João levaram o Espírito Santo aos samaritanos, Simão ofereceu-lhes dinheiro querendo comprar poder carismático. Fortemente criticado, aparentemente se arrependeu". Continua: "A tradição cristã subsequente o descreve em termos inteiramente desfavoráveis. O historiador da Igreja Eusébio (século IV) se recusou a acreditar que Simão tenha sido sincero em seu arrependimento e conversão, e o chamou de fundador de uma 'seita repugnante'. Pedro seguiu Simão a Roma e o destruiu e a seu poder".

Socalcado: esmagado; amassado; calcado; pisado; achatado; socado.

Sombreiro: chapéu de abas largas.

Suangue: que faz feitiços; bruxo.

Surrupeia: tipo de corda usada para prender os pés de cavalos e bois.

Tacho: cabeça humana; cara; rosto.

Taipa: forma de construir paredes usando barro amassado para preencher os espaços dos entrecruzamentos de paus, varas, bambus e caules; parede feita dessa maneira.

Tarasco: vento áspero e agudo.

Teiforme: qualquer bebida que se prepara como infusão.

Tejuaçu: lagarto terrestre da família dos teiídeos, *Tupinambis teguixin*, com coloração dorsal marmoreada de cinzento e preto, faixas e manchas pretas ou brancas, ventre claro e com barras transversais pretas; também conhecido como teiú.

Tinhoso: diabo.

Tisnado: que se tornou escuro; meio queimado; crestado; que adquiriu cor escura; que ficou negro; escurecido; sinônimo de diabo.

Glossário 91

Tordilho: cavalo de pelo com fundo branco-sujo salpicado de pequenas manchas, semelhante à plumagem do tordo.

Torunguenga: pessoa corajosa e respeitada como tal; valentão.

Tossegoso: atacado de tosse.

Toste: de forma veloz; que age ou é pode agir com rapidez; breve.

Toutiço: parte posterior da cabeça; nuca; cangote.

Trabécula: fio cruzado de teia de aranha.

Trabuzana: agitação ou período de agitação violenta; grande atividade e confusão na execução de um serviço; azáfama; estado ou situação caracterizado pela falta de ordem, pela confusão; desordem.

Tracalhice: aquilo que é falado, comentado ou espalhado como boato ou suposição; mexerico; intriga.

Trasgo: diabo doméstico que supostamente faz cair objetos, móveis e vidros; duende; fantasma.

Trintanário: empregado que faz pequenos serviços.

Vágado: desvanecimento; desmaio; vertigem.

Vanguejar: balançar; oscilar; vaguear.

Vareio: tipo de confusão mental; delírio; alucinação; desvario.

Varrasco: varrão; porco reprodutor.

Vasquejado: que teve convulsões ou se contorceu; que se convulsionou; que provocou ou sofreu tremedeira; agitado; estremecido; agonizado.

Venábulo: tipo de dardo ou lança curta usada durante a caça de animais selvagens.

Vendeta: espírito de rivalidade e vingança entre famílias ou clãs concorrentes, o qual desencadeia assassinatos e atos de vingança mútua; vingança; desforra.

Venusto: de grande beleza; belo; formoso; elegante; gracioso; encantador.

Vergalhar: dar chicotadas; açoitar; chicotear.

Véstia: espécie de jaqueta ou casaco reto que não se aperta na cintura; gibão; casaco de couro usado por vaqueiros.

Vevuia: pulmão ou fígado do porco.

Virga: ramo de árvore flexível; verga; vergôntea; ramo; pau; açoite.

Visagem: espectro sobrenatural; fantasma; assombração.

Visonha: aparição ou visão de algo assustador; fantasma.

Vitualha: alimento; provisão de comestível; víveres.

Vulgacho: classe de pessoas pobres; plebe.

Vulturino: da essência do abutre ou semelhante a ele.

Zacum: referência a Zacum, na mitologia árabe, árvore que crescia no inferno e que dava como frutos cabeças de diabo.

Zaino: estrangeirismo, do espanhol *zaíno*, quando o touro não tem nenhuma mancha branca em cima do pelo negro.

Zarapelho: o diabo.

Zarcilho: estrangeirismo, do espanhol *zarcillo*, sinal feito na orelha das reses.

Zeríntio: na mitologia grega, caverna que se situava na Trácia ou Samotrácia, na qual se venerava Hécate, e local por onde, se dizia, poder-se-ia chegar ao inferno.

Zígio: referência a Zígia ou Zígios, na mitologia grega, sobrenome das divindades protetoras do matrimônio.

Zopeiro: que anda com esforço ou dificuldade; aquele que tropeça quando anda; trôpego; lento; de pouca vitalidade ou preguiçoso; grande, gordo e alentado.

Zuninga: destilado de cana; cachaça.

Referências do glossário

CASCUDO, Luís da Câmara. *Vaqueiros e cantadores*. Rio de Janeiro, Edições de Ouro, 1968.

D'ALBUQUERQUE, A. Tenório. *Dicionário espanhol-português*. Belo Horizonte, Livraria Garnier, 2001.

FREIXINHO, Nilton. *O sertão arcaico no Nordeste do Brasil*. Rio de Janeiro, Imago, 2003.

IHERING, Rodolpho Von. *Dicionário dos animais do Brasil*. São Paulo, Editora Universidade de Brasília, 1968.

INSTITUTO ANTÔNIO HOUAISS. *Dicionário Houaiss da língua portuguesa*. Rio de Janeiro, Editora Objetiva, 2009.

MELLO, Frederico Pernambucano de. *Estrelas de couro, a estética do cangaço*. São Paulo, Escrituras, 2010.

PERICÁS, Luiz Bernardo. *Os cangaceiros: ensaio de interpretação histórica*. São Paulo, Boitempo, 2010.

PORTO Editora. *Dicionário da Língua Portuguesa* – online.

PRIETO, Melquíades. *Diccionario de la mitología mundial*. Madri, Edaf, 2001.

SOUZA, Bernardino José de. *Dicionário da terra e da gente do Brasil*. São Paulo, Companhia Editora Nacional, 1961.

TORRES, José Carlos de. *Diccionario del arte de los toros*. Madri, Alianza, 1996.

VERMES, Geza. *Quem é quem na época de Jesus*. Rio de Janeiro, Record, 2008.

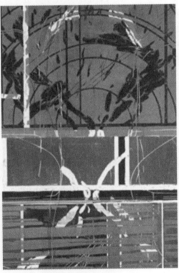

Acima, matriz xilográfica da série "O galo e a sálvia" (220 cm x 160 cm); abaixo, xilogravura sobre papel, sem título, ambas de Fabricio Lopez e utilizadas na primeira capa e na quarta capa deste livro, respectivamente.

SOBRE O AUTOR

Luiz Bernardo Pericás é formado em História pela George Washington University, doutor em História Econômica pela USP (Universidade de São Paulo) e pós-doutor em Ciência Política pela Flacso (Facultad Latinoamericana de Ciencias Sociales/México), onde foi professor convidado. Foi também *visiting scholar* na University of Texas at Austin e *visiting fellow* na Australian National University em Camberra. Publicou artigos em diversas revistas e jornais, no Brasil e no exterior, assim como traduziu, organizou e prefaciou obras de Jack London, John Reed, James Petras, Edward Said, A. Alvarez, Christopher Hitchens, Slavoj Žižek e José Carlos Mariátegui. É autor de *Che Guevara and the Economic Debate in Cuba* (Nova York, Atropos Press, 2009) e *Mystery Train* (São Paulo, Brasiliense, 2007), entre outros. Recebeu menção honrosa do Premio Literario Casa de las Américas 2012, de Cuba, por seu livro *Os cangaceiros: ensaio de interpretação histórica* (Boitempo, 2010).

Foi pesquisador do Centro Brasileiro de Estudos Latino-Americanos (CBELA/USP), da Fundação do Desenvolvimento Administrativo (Fundap), e professor-pesquisador da Flacso, na sede acadêmica do Brasil. É professor-pesquisador visitante (pós--doutoral) no Instituto de Estudos Brasileiros (IEB/USP). Colabora mensalmente com textos ficcionais para o blog da Boitempo (http://boitempoeditorial.wordpress.com/).

Este livro foi composto em Sabon 10,5/16 e Adobe Garamond Pro 10,5/14 e impresso em papel Pólen Bold 90 g/m² na Corprint Gráfica e Editora para a Boitempo Editorial em fevereiro de 2012, com tiragem de 1.500 exemplares.